JULES LERMINA

HISTOIRES INCROYABLES

A BRULER

Extrait de *L'INITIATION*

PARIS
GEORGES CARRÉ, LIBRAIRE-ÉDITEUR
58, rue Saint-Audré-des-Arts, 58

1889

A BRULER

I

Sur le point d'entreprendre l'œuvre la plus audacieuse que jamais homme ait tentée, décidé à aller jusqu'au seuil de la Mort sans être certain de n'être pas contraint de le franchir, je veux m'étudier moi-même, revivre toute ma vie passée, considérer comme au microscope les infiniment petits qui m'ont conduit jusqu'à la limite de l'infiniment grand, en un mot, me confesser.

Mais à cette confession je ne me résous que dans la solitude d'une méditation égoïste : seul je m'interroge, seul je me répondrai.

Si, par l'écriture, je donne corps à cette enquête intime, si ma plume matérialise cet interrogatoire et en dresse ce procès-verbal, il est bien entendu que je veux user ainsi d'une sorte de moyen mnémotechnique, pour moi-même, et non pour que ces lignes tombent sous les yeux d'autrui.

Si de l'épreuve que je vais affronter, je sors vivant,

je relirai ces feuilles et j'y ajouterai, en quelques traits, la solution du Problème, j'écrirai la formule du Secret. Puis je me consulterai. Détruirai-je le manuscrit, ou au contraire, le livrerai-je avec la Loi Suprême qu'il contiendra, à la curiosité des hommes? Je ne le sais. L'infinie puissance, dont la formule révélera, en même temps que l'existence, le mode d'action, le procédé d'exercice, devra-t-elle être remise comme un dépôt aux chercheurs de la Vérité? J'hésite encore.

En tout cas, je n'ai pas en ce moment de décision à prendre, puisqu'elle ne peut être que postérieure à ce que je veux tenter.

Mais il peut arriver — tant sont terribles les risques à courir — que je périsse dans l'accomplissement de la tâche que je me suis fixée. Sera-ce avant l'acte, ou bien tomberai-je, comme le soldat, sur le cadavre de l'ennemi — je l'ignore. Mais il se peut que, dans un ou plusieurs jours, après avoir constaté mon absence, des serviteurs, des amis pénètrent dans cette chambre et me trouvent inanimé, froid — mort — ayant encore devant moi le cahier de papier sur lequel j'aurai inscrit le bulletin de la bataille livrée, sans avoir pu cependant enregistrer la victoire ou la défaite.

Alors je ne veux pas que ceci soit lu par des profanes imbéciles, qui s'épouvanteraient ou se moqueraient, deviendraient fous ou resteraient stupides.

Donc avant de partir d'ici — ce que j'entends par — partir — j'enfermerai ces pages dans une large enveloppe et j'écrirai, en guise e suscription, ces deux mots — *à brûler !* —

D'ordinaire on respecte ces sortes d'ordres posthumes, et j'ai cette garantie qu'en la circonstance, ainsi qu'il arrive toujours en cas de mort subite ou singulière, on aura requis un magistrat, qui, lui, veillera à ce que ma volonté soit accomplie.

Un autre motif me décide à agir ainsi.

Bien qu'aux yeux du vulgaire, l'acte que je vais exécuter soit criminel — et c'est son caractère que je vais étudier, en le décomposant en quelque sorte par les mots et les lettres qui en seront la représentation détaillée — je ne suis pas un méchant. La haine que j'éprouve contre l'être — auquel je vais livrer un combat furieux — n'est en réalité que la notion d'un droit, qui m'appartient et qu'il s'obstine à méconnaître. Je le revendique, c'est justice, puisqu'il y a une rupture d'équilibre à mon dommage. Mais ce droit, je ne me le reconnais pas contre l'humanité tout entière.

Or je sais que le Secret — acquis par moi au prix de tant d'efforts et d'une persévérance raisonnée dont bien peu seraient capables — serait entre les mains des ignorants un agent mauvais, délétère pour l'individu, mortel pour la société, précisément en raison de la distance qui sépare l'état actuel — considéré comme normal — de la science et la réelle connaissance du Mystère de vie et de mort.

Si tous connaissaient le but possible, tous se rueraient vers lui, en aveugles, en fous, ne comprenant pas que la route doit être suivie lentement et pas à pas, d'où des déviations, des déraillements, des chutes qui amèneraient un bouleversement universel. L'homme serait alors semblable à un cavalier novice, lancé sur un cheval fougueux qu'il ne saurait ni mater ni conduire et qui, s'emportant bientôt, le renverserait et lui briserait le crâne d'un coup de sabot.

Je ne me sens pas le courage d'assumer cette responsabilité.

Je suis un des premiers, le seul peut-être, qui, dans le monde occidental, ait été assez maître de lui pour arriver, sans lésion cérébrale, jusqu'au seuil du mystère, le seul qui ait pu, dans la plénitude de sa raison, avec la mathématique du bon sens, se rendre un compte exact du chemin suivi, et, parvenu jusqu'à l'abîme, en mesurer l'épouvantable profondeur. Me préparant à m'y précipiter, je sais ce que je fais, je connais le péril ; dans ce duel avec l'infini, je tiens fermement l'arme qui peut me donner la victoire.

Et encore ne suis-je pas fou ? J'aurais tort de le dire, puisque je n'ai pu assez complètement m'abstraire de mon animalité pour résister à la passion qui me tuera peut-être et par laquelle je me laisse entraîner...

Il fait nuit. Je suis seul. Ma lampe enveloppe de lumière la place où je travaille, tandis qu'autour d'elle tout est ombre profonde.

J'écris.

II

Je suis Français de cœur et de raison. Si ce n'était orgueil, je dirais plus que Français, Gaulois, Parisien. Je suis né d'une famille de petits marchands, dont on retrouverait le nom en tête de bien des factures, depuis plusieurs centaines d'années. Leur horizon a toujours eu pour limites les rues Saint-Denis et Saint-Martin. Un seul a fait une pointe jusqu'à la rue Vivienne, mais il était revenu à son centre naturel, rue Turbigo. Il y est mort. C'était mon père. Son métier, tailleur.

C'était un homme petit, nerveux, au teint décoloré, très actif, qui chaque matin courait Paris, sa toilette sous le bras, intelligent en affaires, très honnête et très obligeant : sachant deviner le client de bonne foi et ne lui refusant point crédit, mais dur pour quiconque lui paraissait se moquer de lui.

C'était d'ailleurs l'incarnation de la raison : il était sobre et chaste. En vrai Parisien, il adorait le théâtre, et un client retardataire pouvait singulièrement l'amadouer, par le don de quelque billet de faveur. Il paraissait n'avoir pas d'imagination, et la seule débauche cérébrale qu'il se permît était justement l'intérêt qu'il prenait aux aventures imaginaires de la scène. Un drame le passionnait : il haïssait sincèrement le traître et pleurait naïvement sur le sort de la jeune première.

Je ne lui ai connu qu'une vanité : son nom figurait sur le registre des vainqueurs de la Bastille et sur la Colonne de juillet. C'étaient les titres de noblesse de la famille, et il y tenait. Ses opinions politiques étaient d'ailleurs en harmonie avec son caractère pondéré. Il allait jusqu'aux extrêmes limites du libéralisme, mais se refusait à les dépasser. Les frondeurs l'amusaient, et il riait volontiers des pointes spirituelles dont ils piquaient l'autorité ; mais, à la moindre velléité de violence active, il redevenait sérieux, exigeant avant toutes choses qu'on le laissât travailler tranquille.

En somme, placide. Je me souviens m'être demandé souvent s'il n'y avait pas en lui, sous une apparence de banalité, l'étoffe d'une profonde philosophie. Quand j'étais enfant, j'étais frappé parfois, alors qu'il travaillait très paisible dans l'arrière-boutique, du rayon que je voyais filtrer sous ses paupières baissées. Je sais qu'on l'estimait beaucoup, non seulement pour sa probité, mais surtout pour la rectitude de son jugement et aussi pour une instruction, que je ne pouvais juger, mais qui — à certains détails que je me rappelle — était évidemment supérieure à sa condition. Il avait une clientèle de professeurs ou de jeunes savants, auxquels il rendait volontiers ces services inappréciables qui permettent une tenue indispensable aux débuts.

Quand un timide, muni d'une recommandation, venait tenter ce qu'il appelait « le coup de la redingote » mon père, avec sa simplicité un peu narquoise, savait faire causer le néophyte, et plus d'un, surpris, témoignait d'un respect non équivoque pour ce petit marchand qui pensait et parlait juste, même sur des questions tout à fait en dehors de sa compétence probable. Un d'eux s'écria même un jour, en riant, mais non sans une nuance d'estime : « Mais, monsieur, c'est un véritable examen que vous me faites subir.
— Bah! fit mon père, un Parisien doit savoir un peu de tout. »

Le fait est qu'il lisait beaucoup, surtout le soir, n'allant jamais au café.

Enfin, il était bon. Et sa conduite envers ma pauvre mère fut celle d'un être angélique.

J'ai su depuis dans quelles conditions il avait épousé ma mère.

Dans la maison qu'il habitait, et où il exerçait sa profession, un locataire — inconnu de lui — s'était suicidé, un original, au cerveau détraqué, disait-on dans le quartier, qui vivait seul, se livrant à ce qu'il plaisait aux bonnes gens d'appeler des œuvres du démon. En fait, c'était sans doute un de ces savants dédaignés, doués de plus d'instruction que de raison et qui poursuivent un rêve trop hautain, sans se résoudre à monter un à un les degrés qui pourraient les y conduire.

Il avait pris plusieurs brevets d'invention, avait épuisé toutes ses ressources sans parvenir à les exploiter utilement : j'ai cru comprendre qu'il avait dirigé ses recherches du côté de l'électricité, ou peut-être du magnétisme. Quoi qu'il en soit, le malheureux, à bout de ressources et d'énergie, s'était empoisonné, non sans avoir détruit au préalable tous ses manuscrits, ainsi que les appareils qui servaient à ses expériences.

Une seule feuille de papier avait échappé à cet auto-da-fé : je la possède encore. Elle porte ce titre étrange : *La vie des morts*.

Je ne sais comment mon père apprit que cet homme qu'on croyait un vieux garçon était veuf et avait une fille, élevée dans un pensionnat à quelques lieues de Paris. L'enfant avait quatorze ans : la mort de son père — qui, paraît-il, avait toujours payé très régulièrement sa pension — entraînait la cessation de ses études, et de plus livrait la pauvre fille à tous les hasards d'une vie de misère.

Mon père à quarante ans était encore célibataire. Il lui plut de s'intéresser à cette inconnue, et il se substitua au père disparu. La jeune fille était jolie, intelligente : elle fut reconnaissante et à dix-huit ans, mon père l'épousa.

Un an après, je naissais.

De moi-même, de ce que fut ma première enfance, je parlerai tout à l'heure.

L'union de mon père et de ma mère fut des plus heureuses pendant huit ans : mais à l'âge de vingt-six ans, ma mère tomba dans un état maladif qui en cinq ans la conduisit au tombeau.

J'ai sous les yeux une lettre de mon père, adressée à ce qu'on se plaît à appeler un des maîtres de la science moderne : je la transcris tout entière pour me pénétrer de ses termes, incompréhensibles évidemment pour celui dont il réclamait le secours, mais que nul mieux que moi n'est apte à traduire.

J'y remarque surtout les tendances rationalistes, positives de l'esprit de mon père, que déroutait la singularité d'un état mal observé, en raison d'idées préconçues qui s'opposaient à l'examen.

Voici cette lettre :

« Monsieur le docteur, ainsi que vous avez bien voulu m'y autoriser, je viens vous faire part des circonstances que j'ai remarquées dans la maladie de ma pauvre femme :

« Je vous prie de m'excuser, si ces remarques vous

paraissent obscures : je note les faits que je vois ou que je crois voir, et, ne pouvant me les expliquer, je les décris mal sans doute. Mais je puis vous assurer que tout ce qui suit est l'expression absolue de la vérité, telle qu'elle m'apparaît.

« Il y a deux ans que, pour la première fois, je notai le premier symptôme. Un soir, il était dix heures environ, l'enfant venait de se coucher, et moi je travaillais à mettre mes livres en ordre. J'étais avec ma femme dans la pièce qui nous sert à la fois de salon et de salle à manger. Elle est éclairée par une lampe à suspension. Adèle cousait et ne me parlait pas, ce qui n'avait pas lieu de m'étonner, car le plus souvent elle était silencieuse et rêveuse. Soudain j'entendis un bruit, comme un glissement. Je levai vivement la tête, et je vis ma femme renversée en arrière sur le dossier de sa chaise, les yeux fermés, pâle comme une morte...

« Je m'élançai vers elle et la saisissant dans mes bras, je l'étendis sur le canapé : puis courant à ma chambre, je revins apportant du vinaigre et des sels. Mais pendant plus d'un quart d'heure, tous mes efforts furent infructueux. Le cœur battait faiblement, le pouls s'était sensiblement ralenti, mais restait égal. Je n'osais la quitter pour aller chercher du secours, redoutant une crise foudroyante.

« Mais tout à coup je vis son visage se colorer de nouveau, son pouls que je consultais en ce moment même reprit sa vigueur. Elle eut une longue aspiration, ouvrit les yeux et se mit à parler, d'abord de façon incohérente. Elle parlait de l'enfant qui était dans la pièce voisine. Il dormait bien *maintenant.* Puis elle s'excusa de m'avoir inquiété, n'accusant plus qu'un léger malaise. Elle se coucha et s'endormit paisiblement. Je dois noter que par une coïncidence singulière le petit Paul, en s'éveillant le matin, remercia sa mère d'être venue l'embrasser pendant la nuit. Evidemment il avait rêvé.

« Cette crise ne se renouvela pas pendant six mois. Mais au bout de ce temps, elle reparut, dans des conditions à peu près identiques, mais plus intense, plus effrayante. Pendant la syncope qui dura une heure, le corps se glaça, le visage se couvrit du masque de la mort, et un instant, il me sembla que le cœur ne battait plus. Affolé, je criai au secours. Des voisins accoururent : mais Adèle se réveilla, comme la première fois. L'accès se dissipa complètement, sans laisser de traces appréciables.

« J'appelai un médecin qui n'attacha aucune importance à ces symptômes et m'en donna une explication banale, injustifiée d'ailleurs par le caractère et le tempérament de ma femme.

« Quant à elle, lorsque je l'interrogeai sur ce qui se passait en ces syncopes, elle me répondit par des explications si bizarres que je n'ai pas encore osé vous en faire part. Aujourd'hui je dois tout vous dire.

« Elle me dit que, soudain, au moment où elle s'y attend le moins, elle sent qu'une force à laquelle elle ne peut résister l'attire hors d'elle-même, ce sont ses propres expressions. C'est, dit-elle, comme si une ventouse s'appliquait à son cœur et faisait le vide dans tout son être, Enfin, ajouta-t-elle (et c'est ici que je fais appel à toute votre indulgence pour mon langage si peu scientifique) quelque chose qui est sa vie (sa force vitale, sans doute) s'exhale hors d'elle et à l'état de vapeur se condense, vague à travers l'appartement... que sais-je? Naturellement j'attribue ces illusions à un état maladif, c'est quelque chose comme les hallucinations de la fièvre, et je n'eusse attaché à ces récits d'autre valeur que celle qu'ils méritent comme symptômes d'un état passager, si par malheur les accès n'étaient devenus de plus en plus fréquents.

« Aujourd'hui, je puis dire que la léthargie est l'état normal de la pauvre femme et que la veille raisonnable et agissante n'est que l'exception.

« Pendant une moyenne de quatre jours par semaine, Adèle est plongée dans le sommeil, sans prendre aucune nourriture. Elle ne paraît jamais souffrir; si ce n'est au début et à la fin de la crise. Je m'explique. Quand elle va tomber dans cet état, j'en suis averti par le jeu de sa physionomie d'abord surprise, puis inquiète. Il y a dans ses yeux une angoisse qui a parfois un caractère d'effroi que je ne saurais comparer qu'à l'effarement terrifié d'un enfant auquel un opérateur va arracher une dent et qui a vu l'instrument d'acier s'approcher de sa bouche. Puis, pour continuer la comparaison, on dirait qu'instantanément l'opération est faite. Il s'ensuit un soulagement immédiat; mais en même temps comme si le sang coulait par quelque blessure invisible, la face se décolore, les joues rentrent, le front se tend, les lèvres s'amincissent.

« Pendant toute la crise, le visage reste impassible. Jamais de contractions dans les membres, jamais de mouvements convulsifs. Si l'expression employée par ma chère Adèle n'éveillait des idées presque fantastiques — et contre lesquelles ma raison me défend — je dirais je n'ai plus sous les yeux qu'un corps dont l'âme est provisoirement absente.

« Ce qui me frappe encore plus peut-être, c'est le mode de sa résurrection. Pardonnez-moi d'employer ce mot : mais j'essaie avant tout de me faire comprendre.

« Après soixante ou quatre-vingts heures d'immobilité, tout à coup je vois ma femme porter vivement la main à son cœur, jamais à sa tête, ce qui cependant pour moi semble être le siège du mal. Elle tend alors la poitrine en avant comme si, dans ce cœur présenté, elle s'offrait à recevoir de nouveau le souffle de vie. Là encore, une secousse d'angoisse trouble sa physionomie : mais elle est instantanée, et dès cette seconde, la vie rentre en elle, les membres s'assouplissent, la bouche et les yeux s'ouvrent.

« Seulement la lassitude, nulle après les premières atteintes de ce mal étrange, devient de plus en plus accablante. Certes, elle vit pendant ces intermittences : mais le pouls est faible, la respiration à peine perceptible. Elle parle bas, ferme à demi les yeux comme si la lumière du jour lui faisait mal : ses mouvements sont lents et elle est incapable de travail manuel, tant ses mains ont peu de force. La moindre locomotion, fût-ce de traverser la chambre, l'épuise.

« Puis, vous le dirais-je, ce qui m'épouvante le

plus, c'est son sourire, doux, résigné, continuel. Si je l'interroge avec toutes les précautions nécessaires, elle me répond avec bonté, comme si elle me faisait volontiers une concession. Elle ne m'explique plus ses sensations. C'est ma faute : elle a surpris sur ma figure quelque signe d'incrédulité, alors qu'elle m'entretenait de ses visions.

« Et pourtant puis-je nier qu'elle m'ait parlé de faits qui s'étaient passés dans le magasin alors qu'elle était étendue immobile, dans sa chambre ? Puis-je nier qu'elle m'ait répété des paroles, prononcées par moi, hors de sa présence et qu'elle ne pouvait pas avoir entendues ? Puis-je nier — et cependant ceci est fou ! — avoir trouvé au cou de mon fils une médaille qui était enfermée dans un meuble, dont elle ne s'était pas approchée.

« Mais je m'arrête, car vous pourriez me croire insensé, et jamais cependant ma raison n'a été plus ferme. Jamais plus je n'ai cru à la science exacte dont vous êtes un des plus illustres représentants. Je vous en supplie, venez au secours de ma chère compagne. Sauvez-la ! »

III

Ma mère m'aimait passionnément. Elle avait reçu, je l'ai dit, une bonne éducation et avait tenté d'éveiller, dès mon plus jeune âge, mes facultés intelligentes.

Il faut que j'analyse ici ce que j'ai ressenti, dès les premiers temps de ma vie : car, à la différence de tant d'autres, mes souvenirs d'extrême enfance sont, à un certain point de vue, très nets et très saisissables.

Si ceci était destiné au public, je devrais m'abstenir; car je serais taxé de mensonge et peut-être de folie comme le redoutait mon père, alors qu'il reculait devant l'aveu de la vérité... anti-scientifique.

A moi seul je dis ceci : J'avais à peine deux ans que, dans le sommeil le plus profond, je savais que ma mère s'éveillait et pensait à moi. Sur cet avis de l'invisible, je m'éveillais moi-même et j'attendais. Écoutant de toutes mes oreilles, je n'entendais aucun bruit. Puis peu à peu je percevais le son d'un soupir, d'un bâillement comprimé ; elle se levait pieds nus et venait auprès de mon berceau. J'entr'ouvrais les yeux, pas assez pour qu'elle ne me crût éveillé, et elle me semblait enveloppée d'une buée brillante.

Elle m'embrassait et je me rendormais profondément.

Plus tard, et avant qu'elle fût visiblement atteinte du mal — j'emploie les mots consacrés — qui la devait tuer, j'avais ressenti l'impression que voici :

J'étais assis à quelques pas d'elle, jouant. Elle me regardait d'un regard aimant : alors sur mon front, dans mes cheveux, j'avais la sensation d'un souffle très doux, d'une caresse éthérée, et pourtant matérielle. Je ne m'en étonnais pas, ne sachant pas encore que je dusse m'en étonner.

Je sentais l'impression de ses bras avant qu'ils m'eussent entouré, le baiser de ses lèvres avant qu'elles eussent touché mon front.

D'autres fois, alors que depuis quelque temps je ne

m'étais pas approché d'elle, je sentais soudain un effleurement léger, comme si quelqu'un m'eût touché à l'épaule pour solliciter mon attention : puis une aimantation m'attirait vers elle, j'allais l'embrasser et elle non plus ne semblait pas étonnée. Elle m'avait désiré et javais obéi. Rien de plus.

Pourquoi s'étonner ? Ma mère m'avait porté ; elle m'avait nourri de son lait. Le plus naturel de tous les liens nous unissait. Que cette union fût d'un degré supérieur, je ne le nie pas. Il est des instruments dont les tonalités s'harmonisent exceptionnellement. Mais c'était pour moi surtout qu'était vraie cette parole : « L'enfant est une plante sans cesse arrosée de maternité. »

Si j'étais malade, ma mère m'enveloppait d'elle-même — non pas au figuré — mais dans la positive expression du mot. Son amour émanait d'elle pour s'épandre autour de moi, comme une vapeur tiède.

Si je me cognais à quelque meuble, je courais à elle pour qu'elle baisât la place meurtrie. Et la douleur disparaissait ; si j'avais mal aux dents, elle passait son doigt sur mes gencives, et le mal cessait. Magie maternelle dont on voit les effets tous les jours et qui passent inaperçus ! Qui en écrira le rituel ?

En vérité, alors même que j'étais sevré, ma mère continua à me nourrir de sa substance. Je crois — et ceci n'est pas une offense à la mémoire de mon père — que ma mère ne comprit du mariage que les joies de la maternité ; elle avait une nature expansive qui cadrait mal avec le calme équilibré de mon père, l'homme raisonnable par excellence, de vingt-cinq ans plus âgé qu'elle et trop ami pour être amant. Elle avait l'imagination vive et me contait le soir des récits qu'elle composait elle-même et qui me montraient des régions ensoleillées d'une exquise lumière. Je me rappelle que je lui demandais tantôt le conte gris-perle, tantôt le conte mauve, tantôt le conte d'or. Les énonciations de couleurs résumaient pour moi l'émotion spéciale que m'apportait chacun de ses récits. Mon père restait grave en les écoutant : il ne lui plaisait guère qu'on me troublât ainsi l'esprit. Le féerique un peu gros des Chats bottés, des Ogres ou des Peaux d'âne lui paraissait moins dangereux pour l'imagination que ces vagues et paradisiaques évocations. Ma mère le comprit et se tut. Mais ce qu'elle ne me disait plus tout haut, je l'écoutais encore dans son regard, dans la caresse de ses mains, dans le rythme de son pied battant le tapis.

J'étais faible, nerveux, irritable. Mon père me raisonnait, s'efforçait de me corriger de mes défauts par l'éducation quotidienne ; il me faisait prendre du fer, des toniques. Il était grand partisan de la gymnastique. Ma mère, elle, combattait ma faiblesse en m'infusant sa force, calmait mes nerfs en les détendant sous son souffle, brisait mes colères dans le rayonnement de son exquise placidité.

Je sais — je suis convaincu — que je n'ai vécu que par ma mère : et je sais aussi que c'est de moi qu'elle est morte. Dans son élan perpétuel de maternité, elle s'est dépensée, donnée tout entière... je sais, dis-je, car j'ai vu...

Oui — et nul au monde n'a entendu cette parole

sortir de mes lèvres — j'ai vu, dans les jours, dans les nuits où ma mère en crise était immobile — j'ai vu sa forme s'approcher de moi, j'ai senti sa vie me pénétrer, sa vitalité s'adjoindre à la mienne. Et c'est de cet effort incessant pour se verser en moi — par une sublime et adorable endosmose — qu'elle s'est épuisée, qu'elle s'est tarie, qu'elle s'est drainée, qu'elle est morte.

J'ai dit que la conduite de mon père fut angélique. Aucune expression ne peut mieux qualifier la bonté, la patience, la maternité dont à son tour il fit preuve, pendant le long alanguissement de ma mère : Certes il aurait donné sa vie pour elle, s'il avait su comment. Il y eut dans cette raison sage de terribles combats que je devine maintenant. Car j'ai su depuis qu'il était allé en secret consulter des spécialistes qui n'étaient rien moins que médecins, mais qui hélas ! n'étant pas moins ignorants, alarmaient, par le fatras mystique de leurs déclamations, son bon sens de bourgeois voltairien. J'ai trouvé chez lui un amas de livres qu'il a dû cent fois relire et étudier. Mais il était doué avant tout de cet esprit bien français qui réclame la netteté, la clarté, qui veut comprendre et n'agir qu'à bon escient ; car, quoiqu'on en ait, la raison française est éminemment mathématique; il lui faut la déduction que rien n'interrompt, le fil que rien ne noue ni ne brise.

S'il eût comprit se qui se passait en ma mère — comme je le comprends, moi, qui vais mourir peut être de haine comme elle est morte d'amour — il l'eût sauvée sans doute. Mais qui le lui eût expliqué ?

Entre les ignares officiels et les mystiques charlatans, il donna la préférence aux premiers et n'eut pas tort, en somme.

J'avais douze ans quand ma mère mourut.

Je fis alors une longue et douloureuse maladie, pendant laquelle mon père me soigna avec un dévouement qui ne se démentit pas une seule minute.

J'ai dit que je me souvenais des impressions de ma jeunesse. Il en est une que je n'ai pas oubliée — que je ne pouvais pas oublier — et que je vais analyser dans toute sa rigueur de vérité.

Ah ! comme on rirait, si on savait cela !...

Les médecins diagnostiquaient en moi un épuisement complet, une anémie parvenue à son dernier période, compliqués de gastralgie, névralgie, etc. Ma faiblesse était telle que j'étais toujours étendu soit sur mon lit soit dans une chaise longue. J'avais des bourdonnements aux oreilles, des troubles visuels, puis un infini besoin d'immobilité. Le moindre mouvement était pour moi une souffrance et développait en tout mon être des crispations qui se traduisaient par de véritables accès de fureur.

En somme, c'était une maladie normale, classée, et dont on prévoyait à court délai la terminaison naturelle.

Hérédité maternelle, disaient les bonzes graves.

Une nuit, mon état de faiblesse avait pris des proportions telles que mon père vint s'installer auprès de mon lit.

Je le voyais comme à travers un voile, et pourtant je me souviens qu'il pleurait. En réalité, je me sentais mourir, c'est-à-dire que de tout mon être quelque chose s'en allait, que je ne cherchais pas même à retenir. Bien que mon cœur battît à peine, je sentais le choc lourd de chacune de ses pulsations par lesquelles il s'efforçait de lancer encore dans la circulation l'oxygène régénérateur.

Tout à coup mon père, pris d'une sorte de frénésie, se leva, se pencha vers moi, et me cria, d'une voix qui retentit à travers mon organisme comme un coup de clairon :

— Mais je ne veux pas que tu meure ! Je t'en prie, mon petit, mon cher petit enfant, fais un effort... réagis... aie la volonté de vivre...

Et soudain je compris ce mot de volonté : il se passa en moi quelque chose d'instantané et de formidable à la fois. Je ne fis pas un mouvement, je ne me raidis point dans un effort visible; mais je sentis que dans mon cerveau se concentrait une énergie d'une énorme intensité... je voulus...

Et je vécus !

Cette fois, je vécus par mon père qui, dans une exclamation inconsciente, m'avait appris la volonté. Chez lui, ce cri avait été l'instinctive expression d'une sorte d'appel au miracle, et ce miracle s'était accompli, d'éveiller en moi une notion encore ignorée, de me contraindre à une centralisation de force, à la détente d'un ressort qui changea le plan de mon être vital, modification d'équilibre qui s'exerça à mon bénéfice. J'étais sauvé !

Mais je puis dire aussi que j'étais perdu : car j'avais, selon l'expression biblique, cueilli l'arbre de Science qui est la Volonté.

Et c'est la Volonté qui peut-être me tuera tout à l'heure.

IV

Dès que je fus rétabli, mon père, ne voulant pas m'exposer aux périls hygiéniques de l'internat, me fit suivre les cours d'un lycée. Le soir, un répétiteur — un de ses clients — consentit à me donner des leçons.

J'étais bien doué : j'avais l'imagination de ma mère, sa curiosité des choses de l'intelligence. En même temps, par un équilibre atavique assez remarquable, je possédais l'esprit d'ordre de mon père. Mon professeur appelait cela la faculté sériaire, et en vérité, l'expression était juste. Qu'il s'agît d'un travail littéraire ou d'une opération mathématique, il fallait toujours que je procédasse systématiquement, avec méthode, commençant toujours l'édifice par la base et superposant symétriquement les matériaux. A toute énonciation je répondais par une question, puis par une autre, jusqu'à ce que je me sentisse appuyé sur un fond solide. Alors seulement je permettais à l'imagination, à l'invention même d'entrer en scène.

De plus, je conservais au plus profond de moi-même cette notion de Volonté à laquelle je savais devoir la vie. Par un instinct singulier chez un jeune homme, encore presque un enfant, je ne le gaspillais pas. Au contraire, je l'emmagasinais, je l'économisais pour, le moment venu, la projeter tout entière, avec une impulsion irrésistible vers le but visé.

Je donnai à mon père, par mes succès universitaires, les seules joies qu'il ait éprouvées depuis la mort de ma mère.

En seconde, je remportai au concours général un premier prix de version latine.

Là encore ma volonté était intervenue dans des conditions intéressantes. Le texte donné était de Tacite. Je l'avais traduit pour ainsi dire au courant de la plume, à l'exception d'un membre de phrase de quatre mots, très obscur et par sa concision et par l'allusion qu'il contenait à un fait historique peu connu.

Je ne m'en préoccupai pas autrement, et je pensai à autre chose, écrivant des vers ou bien maniant à satiété les stupéfiantes combinaisons qui se peuvent tirer d'une simple table de Pythagore. Tout à coup, on donna le premier signal, indiquant qu'il ne reste plus qu'un quart d'heure pour la remise de la copie. Je me mis aussitôt à recopier mon brouillon de ma plus belle main, quand je m'aperçus que les quatre mots en question restaient toujours inexpliqués.

On donna le second signal : plus que cinq minutes.

Alors je compris que, sans être complétée, ma version n'était bonne qu'à être jetée au panier. Il y eut en moi comme un choc électrique : puis instantanément, je ne me sentis plus vivre que par un point, l'attention profonde — aiguë plutôt — qui se portait sur la phrase de Tacite. En même temps — j'en eus la conscience complète — une impulsion de tout mon être concentra ma force vitale sur l'énigme, et les mots translatés jaillirent sous ma plume, sans que je me rendisse compte de leur correction. Je remis ma copie sans la relire.

Quand je me levai, j'étais étourdi et eus quelque peine à marcher droit. J'étais même si pâle que mes camarades me raillèrent, à cause du « trac » qu'ils me supposaient.

Quelques minutes après, sortant de la salle Gerson, l'air avidement respiré me rendait mon équilibre. Je me rappelai les mots latins, la traduction. C'était la perfection même.

J'eus le prix. Mon père, qui estimait au plus haut point l'instruction universitaire, m'embrassa avec plus d'effusion que de coutume : et pourtant je ne pus m'empêcher de remarquer combien son étreinte manquait de cette tiédeur enveloppante qui avait caractérisé naguère les caresses de ma mère.

Hélas, ce baiser là aussi allait me manquer.

Le lendemain de la distribution des prix, mon père fit, dans la rue, une chute qui eut les conséquences les plus navrantes. Sa tête avait porté sur l'angle d'un trottoir et on le ramena à la maison inanimé. L'ébranlement cérébral avait été si violent qu'un épanchement s'en était suivi.

Dans la nuit même, l'agonie survint : j'étais auprès de lui comme autrefois il avait été auprès de moi, au moment où la vie allait m'abandonner.

Et dans un élan instinctif, je lui criai, répétant ses propres paroles :

— Je t'en supplie, père, cher père, fais un effort... réagis... aie la volonté de vivre !

Il tourna vers moi ses yeux atones et vitreux. Il me sembla, aux contractions de sa lèvre, qu'il fit un effort.

Mais un souffle rauque, brusquement coupé, sortit de sa poitrine. Il était mort.

Bien souvent, je me suis reproché depuis lors de n'avoir point substitué ma volonté à la sienne et de n'avoir pas contraint sa vie à m'obéir.

Mais, dans l'exercice de ma volonté, je n'étais pas encore assez maître de moi pour m'abstraire des instincts purement réflexes.

Mon premier mouvement avait été de lui adresser l'adjuration qui m'avait sauvé moi-même.

J'avais mal agi, en dehors de toute méthode. Je le sais maintenant.

V

Ici commence une période de ma vie sur laquelle je puis passer assez rapidement, car elle marque un temps d'arrêt dans mon évolution cérébrale.

J'étais orphelin, sans parents qui s'intéressassent à moi. Mon père m'avait laissé, sinon la fortune, tout au moins une aisance très raisonnable, une dizaine de mille livres de rente.

Un des clients de mon père, M. Charvet, professeur au collège de France, touché sans doute par mes aptitudes évidentes, accepta du juge de paix le rôle de subrogé-tuteur, se chargea de mon patrimoine et m'engagea à continuer mes études. J'y consentis facilement. Je ne sentais encore aucune curiosité de la vie libre.

Loin de là, l'internat auquel je dus me résigner ne me parut pas pesant. J'étais alors dans une singulière disposition d'esprit : loin d'aspirer à l'indépendance, j'avais au contraire de vagues désirs de claustration. Une histoire de l'abbé de Rancé qui était tombée entre mes mains avait tourné mes idées vers le cénobitisme ; j'avais lu avec avidité la vie des grands solitaires, les légendes chrétiennes de saint Paul le Thébain, de saint Antoine, de Siméon et ces exemples avaient développé en moi une passion contemplative.

Le soir, à l'étude, sous la lueur tempérée des lampes, m'enveloppant d'un rempart de livres, j'arrivais à m'abstraire si complètement de tout ce qui m'entourait que je créais autour de moi une solitude factice ; j'éprouvais alors une jouissance infinie, me perdant en rêveries vagues, plus creuses que profondes. Peu à peu je cédais à une sorte d'hypnotisme — que bien entendu je ne notais ni n'analysais alors — et qui ne se dissipait qu'au signal donné de cesser le travail.

Je m'habituais à cet état comme à un accès d'ivresse quotidienne : je prenais mille précautions pour que mes devoirs fussent finis, afin de me réserver cette heure, ou tout au moins cette demi-heure de suprême placidité.

Tous les quinze jours je sortais et passais la journée chez mon tuteur.

C'était un homme de quarante-cinq ans environ qui, depuis sa jeunesse, s'occupait d'études orientalistes. Il était veuf et avait deux enfants, un fils de deux ans plus âgé que moi et qui se préparait à l'Ecole polytechnique et une fille...

Je ne veux pas encore songer à elle. C'était une enfant. Elle avait douze ans à peine.

Quant au fils, il s'était produit en lui un phénomène bien singulier. M. Charvet, ai-je dit, avait consacré sa vie à l'enseignement des langues hindoues ; il était un des plus assidus collaborateurs de Max Muller et continuait en France l'œuvre de Burnouf. Par une tendance très naturelle, tout son intérieur portait le cachet de l'ornementation hindoue. Son cabinet notamment était encombré de statuettes, de fûts de colonnes, de pierres de toutes formes rappelant les études auxquelles il se livrait, tout cela pêle-mêle, mais formant un ensemble étrange et saisissant.

Il était grand, blond, fade ; pour tout dire d'un mot, avec ses grands cheveux, sa face blanche et grasse, ses lunettes inamovibles, il ressemblait à un *privat docent* des universités allemandes.

Son fils — il s'appelait Georges — était brun, avait les cheveux crespelés, une barbe naissante qui se séparait en deux pointes. Ses yeux, très noirs, longuement fendus, avec une légère tendance au relèvement pré-temporal, avaient une douceur singulière, comme une limpidité humide où le regard se noyait. Bref, avec son teint mat, il me représentait exactement le type d'un homme né sur le bord du Gange. Cette remarque était instinctive, mais il me semblait que sa physionomie s'harmonisait parfaitement avec le cadre oriental dans lequel il m'apparaissait ; et, ce qui est surtout curieux, c'est que mon observation était exacte. Car ses camarades lui avaient donné, en riant, le surnom de Bouddha.

Il était très doux, bon garçon, et me témoignait

une sympathie réelle. Nous passions la journée ensemble, le plus souvent en promenades à travers Paris. Il causait peu et semblait très attentif à mes bavardages, qu'il soulignait du sourire qui lui était habituel.

Une année se passa ainsi : j'entrai en philosophie.

Georges fut reçu à l'Ecole polytechnique ; mais à ma grande surprise, il se déclara satisfait de ce succès et dédaigna d'en profiter. Il resta auprès de son père dont il devient le secrétaire et le collaborateur.

Cette année-là, les mauvais temps d'hiver m'obligèrent à passer plusieurs dimanches chez M. Charvet : j'avais remarqué d'ailleurs que Georges ne sortait avec moi que par complaisance. Évidemment mon verbiage l'ennuyait ; j'avais l'exubérance de paroles niaises et prétentieuses qui caractérisent l'âge où on ne sait rien, pas même apprendre. Tout frais émoulu de philosophie officielle, je dissertais à perte de vue sur les questions les plus abstraites, prenant ma mémoire pour de la science ; j'étais insupportable, et je le sentais.

Au contraire, Georges — Bouddha — s'était passionné, à froid, pour les travaux de son père, et je devinais qu'il lui était pénible de s'y arracher pour me servir d'interlocuteur bénévole. Je me piquai d'honneur ; car feignant, à mon tour, d'être fatigué de déambulations inutiles, je demandai la permission de passer quelques journées dans la pagode, comme j'appelais le cabinet de l'orientaliste. Il y eut quelque pitié dans le ton de M. Charvet, quand il m'affirma que j'allais « bien m'ennuyer ». Je protestai d'autant plus vivement. Je m'installerais là, à une table, et j'étudierais mon Descartes.

Ainsi fut-il fait, et bientôt les deux savants finirent par oublier ma présence.

A cette époque, et à l'exception des quelques moments d'auto-magnétisation que je me ménageais chaque soir, j'étais revenu à un état normal. J'avais complètement perdu la notion des effets ressentis autrefois auprès de ma mère, comme aussi des appels à la volonté, plus instinctifs que raisonnés. Je m'étais résigné à n'être qu'un élève de force moyenne, de ceux qu'on nomme consciencieux.

C'était donc par pure curiosité que je prêtais l'oreille à la conversation du père et du fils, qui déchiffraient un manuscrit et échangeaient leurs observations. J'entendais le son plein et grave d'une langue que je ne comprenais pas — où l'*a* se modulait avec des harmonies étranges, où les consonnes avaient des glissements, des aspirations, des rondeurs bizarres, des gutturalités despotiques.

Puis ils s'arrêtaient et causaient en français, coupant leurs phrases de ces mots nouveaux pour moi et qui avaient tout l'attrait d'un grimoire inconnu.

Je me rappelle encore, comme si c'était hier, ces phrases échangées entre eux :

— Ces fakirs, dit M. Charvet, ne sont que d'habiles jongleurs.

— Je ne le crois pas, mon père, répliqua Georges. Tout peut s'expliquer par la projection de *Linga-Sharira*...

— Mais Linga-Sharira est lui-même inexplicable...

— Pourquoi ? *Linga-Sharira* est à *Sthula-Sharira* ce que *Buddhi* est à *Atma*...

Certes, je ne comprenais pas un seul mot de ces dissertations ; mais était-ce la mélodie de cette langue — du sanscrit, comme je le sus plus tard — était-ce en raison de cette disposition, commune à tous les hommes et qui est l'attrait de l'inconnu, j'écoutais ainsi pendant plusieurs heures, sans un geste, sans un mouvement, me passionnant pour ces sons qui n'offraient aucun sens à ma raison, pour ces idées que je ne saisissais pas, mais qui produisaient sur mes nerfs exactement le même effet que celui du tambourin, frappé en un rythme sourd et monotone, sur les derviches tourneurs de Constantinople. J'arrivais à un engourdissement extatique, d'un charme pesant et exquis.

La séance prit fin, et je regrettai presque d'entendre ces deux hommes, qui pendant plusieurs heures, m'avaient semblé des êtres mystérieux, causer comme de simples mortels des intérêts mondains. Pourtant je n'osais pas les provoquer à un retour vers leurs études favorites, et je rentrai au lycée, en proie à une préoccupation intense.

A ma sortie suivante, j'employai toute ma diplomatie à obtenir une nouvelle séance ; et j'y réussis facilement, car en vérité je n'avais pas été gênant.

Et pendant trois mois, tous les huit jours, je pus me procurer cette jouissance inexplicable, qui n'avait d'autre principe que la dégustation du mystère. Cependant à force d'attention, j'étais parvenu à savoir d'abord qu'il s'agissait de langue sanscrite — devanagari — puis que les deux savants s'efforçaient d'expliquer les prodiges exécutés par des êtres privilégiés, yoguis ou fakirs, inhumation prolongée pendant des mois et suivies de résurrection, arbustes naissant d'une semence ou se développant en deux heures, phénomènes de lévitation ou de suspension dans l'air.

M. Charvet était l'incrédule, Georges le possibiliste.

Dès que cette notion eut pénétré dans mon cerveau, j'attachai la plus grande attention aux discussions du père et du fils. J'ai toujours joui d'une grande finesse d'ouïe — non seulement dans le sens de l'audition à longue distance ou de la perception des bruits les plus faibles — mais surtout au point de vue de la notation des sons entendus. Dès que j'y pris garde, les mots dont la signification m'échappait furent saisis par ma mémoire comme les notes d'un chant, et je pus, resté seul, les transcrire avec leur prononciation exacte, sinon avec leur orthographe réelle, si bien que je réalisai ce problème de parler le sanscrit avant de le connaître.

Mais en même temps, et par une corrélation très naturelle, je fus pris de l'intense désir de l'apprendre. Mon but n'était certes pas purement philologique. Pour moi la possession de cette langue impliquait le possibilité du miracle : je la considérais comme une formule magique, grâce à laquelle il était possible d'opérer des prodiges. Il en était un surtout qui était le but le plus ardent de mes désirs. Cent fois, il m'était arrivé, pendant mon sommeil, de me sentir enlever dans l'air, de voler à la façon de l'oiseau, de m'élever à des hauteurs prodigieuses et en même temps d'éprouver en cette sensation de suspension une impression exquise. Puisque les fakirs parvenaient à se léviter pendant la veille, pourquoi n'y parviendrais-je pas moi-même ? Je me persuadais que la prononciation de certains mots sanscrits, en des conditions encore ignorées de moi, mais que je saurais bien découvrir, communiquait à l'homme ces puissances occultes.

Pour rien au monde je n'eusse avoué cette fantaisie à mon tuteur ni à son fils.

Plus que tout je redoutais un signe de dédain. Il fallait donc me mettre à l'œuvre, seul. J'achetai les grammaires de J. Desgranges, d'Oppert que je dissimulai avec le soin que mettaient certains de mes condisciples à cacher des romans,et renonçant à mon hypnotisation de l'étude, je me mis à travailler avec acharnement : je fus surpris de constater combien le travail tout mécanique de prononciation auquel je m'étais livré facilitait ma tâche. Au bout de trois mois j'étais en état de lire couramment une page de texte imprimé ! Quant à la traduction, c'était une autre affaire. Le sanscrit est aux langues modernes ce que l'algèbre est à l'arithmétique. Il faut avoir trouvé la clef pour la comprendre dans ses combinaisons presque mathématiques.

Ce fut alors que l'idée me vint de faire appel à cette force de volonté qui, en diverses circonstances, m'avait déjà tiré d'embarras.

Mais, à mon grand dépit, je sentis qu'il m'était

impossible d'opérer à nouveau ces concentrations d'énergie qui naguère se produisaient pour ainsi dire spontanément. En fait, j'étais redevenu un être normal, équilibré, médiocre comme la presque unanimité des hommes.

Je m'irritai et laissai là mes livres de sanscrit.

Puis je commençai mon droit, et la mort subite de mon tuteur m'ayant mis en possession de mon capital, grâce à une émancipation qui avança ma majorité de quelques mois, je changeai subitement d'allures, je m'enivrai de ma liberté et me lançai à toutes brides dans les plaisirs dont jusqu'ici je n'avais même pas conçu l'idée.

Je devins, pour tout dire, un abominable garnement ; et cependant — puissance de l'atavisme — même dans les entraînements les plus stupides, même quand mes compagnons de plaisir surexcitaient ma vanité de richard, comme ils le disaient, même quand j'obéissais aux caprices de ces créatures qui exploitent notre niaiserie, survivait, revivait plutôt en moi l'esprit d'ordre de mon père : je ne dépensais que mon revenu, à peu près mille francs par mois, ce qui constituait une liste civile de roi, au quartier latin.

Cinq ans se passèrent ainsi. Je me souciais médiocrement du droit et ne passais mes examens qu'à mon corps dèfendant.

Que deviendrais-je ? Je ne m'en préoccupais pas.

N'eut-il pas mieux valu d'ailleurs pour moi de rester dans cette fange, où peu à peu je me serais engourdi et noyé que d'en avoir été violemment arraché !...

pour remonter, remonter si haut qu'aujourd'hui je n'ai plus qu'un degré à franchir pour atteindre la toute-puissance... ou la mort.

Ce qui décida de mon avenir fut une querelle ridicule, qui s'engagea en un restaurant de nuit, entre moi et un étudiant, à propos d'une fille perdue, et qui s'éleva à un tel diapason de violences et de menaces qu'on nous expulsa de l'établissement. Nous nous trouvâmes sur le trottoir, mes compagnons, les femmes et mon adversaire.

Celui-ci continua à m'insulter. C'était un colosse, un Provençal, aux épaules énormes, aux bras de fer. Cependant ce fut moi qui le premier levai la main. Nous nous ruâmes l'un sur l'autre. En un clin d'œil, il m'eut saisi par le milieu du corps, et je me sentis comme pris dans un cercle qui en se serrant allait écraser ma poitrine et me briser les reins.

Alors, par un effort cérébral, identique à celui qui jadis m'avait révélé le sens d'une phrase de Tacite, toute ma vigueur se concentra dans mes mains, dans mes avant-bras, dans mes biceps. Je frappai... ou plutôt quelque chose qui sortait de moi et était plus que moi — atteignit l'homme qui râla et tomba...

Et moi aussi je m'écroulai de toute ma hauteur, inanimé, à demi-tué par l'exhaustion de l'effort.

Ici s'arrête la première partie de ma vie : je puis dire cela, quoique six ans seulement se soient écoulés depuis cette catastrophe, car en ces six années j'ai plus vécu que pendant les vingt-cinq premières... j'ai trente et un ans. J'en ai cinquante. Et d'ailleurs, est-ce qu'à la veille d'une bataille, on sait l'âge qu'on a... L'âge réel, c'est la proximité de la mort.

VI

Je revins à moi au bout de trois jours, pendant lesquels je n'eus pas un seul instant la notion du monde extérieur, et cependant je savais que j'étais vivant. Seulement tout en moi était lié — esprit et corps — dans l'inextricable réseau d'un engourdissement qui ne m'eût permis ni une pensée ni un mouvement.

La première impression extérieure qui parvint jusqu'à moi fut le son de deux voix. L'une mâle, contenue, grave ; l'autre, d'une douceur, d'une musique exquise, et si pénétrante, si conquérante pour ainsi dire, qu'il me sembla que tout mon être était une harpe vibrant à l'unisson.

Instantanément alors, j'éprouvai à la place du cœur la sensation d'un souffle très rapide qui, venant du dehors, entrait en moi, si violemment d'abord que c'était presque une douleur. Mais en même temps, ce quelque chose — alors indéfinissable pour moi — se répandit en tout mon être, fourmillement de vitalité qui titillait mes fibres, des extrémités au cerveau : puis je fus pris d'une sorte d'ivresse, avec surchauffement de l'organisme tout entier, avec surexcitation de pensées, avec flux de paroles, avec incohérence de mouvements. En fait, l'équilibre n'était pas encore établi, cet équilibre qui est à la fois la santé et la conscience.

Et peu à peu la sédation se fit, comme en un vase où le liquide, brusquement agité, reprend son niveau. Comme pour ressaisir décidément le monde extérieur j'ouvris les yeux. A ce moment, j'étais couché à demi sur le côté, et mon regard embrassait l'ensemble de la chambre où je me trouvais.

C'était l'hiver : un feu, peu ardent, mettait au foyer une lueur rougeâtre sur laquelle se dessinaient deux ombres assises et penchées l'une vers l'autre. A travers mes rideaux, je distinguais aussi le reflet d'une veilleuse.

On n'avait pas pris garde à mon réveil et on causait, bas.

Mais je reconnus aussitôt l'une des deux voix, déjà entendue au cours de ma résurrection.

Maintenant je savais que c'était celle de Georges Charvet. Comment me trouvais-je là ! je l'ignorais. Il parlait.

— Cette crise, disait-il, est sans doute la dernière. Comme je te l'ai expliqué, il y a en lui des prédispositions naturelles vraiment étonnantes. L'état dans lequel nous l'avons vu rappelle, à s'y méprendre, celui des êtres bizarres dont je t'ai parlé. Je suis convaincu qu'il en sortira sain et sauf ; le seul danger, c'est que sa léthargie étant le résultat non d'un acte volontaire, mais d'un accident, il n'a été pris aucune des précautions dont usent les Hindous et que la rentrée de la vie peut s'opérer avec une violence si brutale que l'organisme ne la puisse supporter.

Alors l'autre voix dit :

— Oh ! il est jeune et fort !

Ce fut tout. Et cependant cette seconde décida de toute ma vie. Nous autres Occidentaux, nous ignorons la puissance inouïe du son. Nous passons à côté des phénomènes les plus étranges sans même leur accorder l'aumône de notre attention : par exemple, nous entendrons tout à coup les carreaux d'une chambre vibrer fortement, alors qu'un violoniste joue de son instrument, sans nous étonner que, des notes lancées par l'archet, la presque totalité n'ait pas produit cet effet, tandis qu'une seule — et non toujours la plus aiguë — ait subitement déterminé cet ébranlement. C'est ainsi que dans une mélodie, telle combinaison d'accords nous pénètre jusqu'au plus profond de notre être, nous met le sanglot à la gorge ou le serrement au cœur, sans qu'il nous soit possible de dire quel fut cet accord qui n'a fait que passer fugitif et rapide, c'est ainsi enfin qu'un savant a découvert aujourd'hui, dans la production de certaines sonorités, une force auprès de laquelle celles de la vapeur, et même de l'électricité, telle qu'on la connaît aujourd'hui, sont en proportion d'une chiquenaude d'enfant au coup de marteau d'un géant.

C'est ainsi enfin que cette voix fit vibrer toutes mes fibres, comme la corde sous l'archet, pénétra mes moelles, remplit mon cœur, circula en tout mon organisme et que, passionné, exalté, je me dressai, criant :

— Qui a parlé?

Georges s'élança vers moi, et je ressentis comme un mouvement de rage, car, dans ce moment, il me cacha ce que je voulais voir : devina-t-il cette fureur dans mon premier regard ? je le crois, car avant d'avoir touché mon lit, il s'écarta et dit :

— Sœur, il est sauvé !

Sa sœur ! celle dont si souvent j'avais entendu prononcer le nom — nom étrange et que seule pouvait expliquer la fantaisie d'un orientaliste — Sitâ, la jeune fille que j'avais à peine entrevue jusque-là et qui m'apparaissait soudain comme évoquée à mon appel, à vingt ans, admirablement belle, avec son front haut et un peu bombé, avec ses grands yeux noirs aux douceurs profondes, avec son profil hiératique et son sourire mystérieux de prêtresse !...

Oh ! pourquoi remuer en moi ces souvenirs, pourquoi creuser la terre sous laquelle si longtemps j'ai tenté de les ensevelir, pourquoi raviver en mon être ce foyer qui a brûlé ma vie ! Je le veux pourtant, car c'est d'eux seuls que me viennent aujourd'hui ma résolution et ma force !

Elle sortit et je restai seul avec Georges.

J'avais soudainement recouvré tout mon sang-froid, seulement je gardais en moi l'écho — jamais éteint désormais — de cette voix qui devait être à jamais ma joie et mon supplice : je ne percevais les paroles de Georges comme depuis je ne perçus tous les bruits, qu'à travers une sorte de voile cristallin qui fondait chaque son dans la tonalité unique dont j'étais pénétré ou plutôt enveloppé.

Il me raconta d'abord comment je me trouvais chez lui. Lorsque j'étais tombé, nul de ceux qui se trouvaient là — compagnons de hasard — ne connaissait mon domicile : mais quelqu'un s'était souvenu du nom de Charvet, et l'inquiétude aidant et aussi la crainte d'être compromis dans une rixe dont les conséquences pouvaient être des plus graves, on l'avait envoyé chercher. Il était accouru et m'avait fait transporter chez lui, tandis que les amis de mon adversaire le plaçaient, inanimé, dans une voiture et l'emportaient.

Par bonheur, la police n'était pas intervenue : mais pendant deux jours, l'inquiétude de Georges avait été grande, tant à cause de mon état léthargique que du péril que semblait courir la vie de mon adversaire.

Il me dit alors une chose qui me parut incroyable, mais qui était vraie cependant, je le sais maintenant. Mon adversaire était dans l'engourdissement comateux qui suivrait un coup violent reçu en plein crâne... et pourtant, il ne portait aucune trace de coup, ni gonflement ni ecchymose. Et — ceci surtout me semblait rentrer dans le domaine de l'invraisemblable — tous les témoins de la scène affirmaient de la façon la plus péremptoire que je n'avais pas frappé, que ma main ne l'avait même pas effleuré, et qu'au moment où il s'était affaissé, il semblait qu'il eût été abattu sous un choc dont l'instrument était resté invisible ; si bien que les pseudo-savants, étudiants de la bande, croyaient à une congestion subite déterminée en lui par l'excès de sa propre colère.

Ce qui était manifestement faux, puisque depuis la veille, il était complètement rétabli, sans ressentir aucun des symptômes qui suivent nécessairement une commotion cérébrale interne.

Et puis je savais bien que je l'avais frappé, moi,

sinon de mon poing, tout au moins de quelque chose qui avait jailli de moi...

— Ah ça ! me dit Georges en riant, tu sais donc le sanscrit, toi ?

— Pourquoi cette question ? fis-je en rougissant un peu.

— Parce que dans les intermittences de la léthargie, alors que la force vitale faisait effort pour rentrer en toi, tu as prononcé plusieurs phrases et des plus correctes... c'est ma sœur que s'en est aperçue...

— Elle !

— Ah ! tu ne sais pas, tu ne peux pas savoir. Depuis la mort de mon pauvre père, Sitâ est venue habiter avec moi, et elle a manifesté de si extraordinaires dispositions pour l'étude des langues orientales que j'ai dû consentir à ce qu'elle partageât nos travaux... et en deux ans, il m'a semblé que je ne fusse plus qu'un écolier auprès d'elle. Elle n'a pas appris, je suis certain qu'elle s'est souvenue : il y a dans notre famille un cas d'atavisme bien singulier et qui ne s'est révélé que par les aptitudes de mon père. Jusque-là, rien dans notre famille, autant du moins que nous pouvons remonter dans son passé, ne semblait la rattacher à l'Orient : mais voici qu'en mon père et en moi le désir d'apprendre s'est manifesté comme à notre insu et sans qu'à vrai dire notre volonté soit intervenue : voici qu'enfin ma sœur que, jusqu'en ces derniers temps, j'avais tenue naturellement à l'écart de ces études, s'est tout à coup révélée, en quelques semaines, l'interprète le plus profond, le plus intelligent, le plus devin, pour ainsi dire, des langues de l'Inde du Sud : là où pour mon père et pour moi, sous le sens littéral des mots se cachaient des obscurités impénétrables, où sous la forme philologique l'esprit philosophique nous échappait, Sitâ a la prescience plus encore que la science : l'inintelligible lui paraît clair, l'insondable s'entr'ouvre... Ah ! mon ami, si tu savais dans quel monde sans bornes elle m'entraîne à sa suite... monde sublime dont nos plus pures jouissances d'esprit ne sont qu'un reflet à peine perceptible...

Et tandis qu'il parlait, je voyais l'enthousiasme éclairer son visage comme une lueur qui eut rayonné de quelque foyer inconnu...

De cet instant, ma résolution était prise : moi aussi j'avais l'intuitif désir de cette science, et j'en venais à me persuader que, pour moi, comme pour eux, existait je ne sais quelle prédestination atavique. Ne reconnaissait-il pas lui-même qu'il était surprenant que j'eusse si aisément, seul, acquis les premiers rudiments d'une langue, restée encore dans le domaine de l'érudition ? Ma patience même n'était-elle pas une preuve de mon aptitude innée ?

Georges était bon, faible même : aussi accueillit-il mon projet avec joie. Il m'avait toujours traité en frère cadet, et il lui plaisait — surtout après ma longue absence — reprendre à mon égard son quasi-droit d'aînesse, droit de protection et aussi de surveillance. J'avais dépensé niaisement mes premières années de jeunesse, aucune voie ne s'ouvrait devant moi, je ne manifestais aucun goût pour le barreau ni pour la médecine. Pourquoi contrarier cette tendance qui ressemblait à une vocation ?

— Seulement, me dit-il, il faut obtenir l'agrément de ma sœur.

Je le regardai surpris.

Quelle objection raisonnable pouvait-elle opposer à mon désir ?

— Tu ne connais pas Sitâ, me répondit-il, elle est la gardienne du temple.

Je n'attachai point à cette phrase plus d'importance que le sens littéral n'en semblait comporter ; d'ailleurs est-ce que, tandis que j'affirmais au frère, l'expresse volonté de m'instruire dans les sciences hindoues, je ne songeais pas avant tout à la sœur, à celle dont la voix m'avait soumis, conquis, à celle que déjà j'aimais d'un amour si violent que toute ma vie, toute mon énergie, toute mon ambition convergeait vers elle seule.

Vivre dans son atmosphère, me baigner dans les ondes de sa voix, dans les fluidités exquises de son regard, voilà ce que je rêvais... et elle m'eût refusé ce bonheur. Pourquoi donc ?

VII

Je ne la vis que vingt-quatre heures plus tard.

J'étais complètement rétabli : même jamais je ne m'étais senti si fort, si ardent. Je sentais circuler en moi la force vitale, chaude, vibrante.

Georges vient me chercher dans ma chambre pour me conduire à la salle à manger où Sitâ nous attendait.

— As-tu parlé de moi à ta sœur ? lui demandai-je avec la désinvolture d'un homme sûr d'avance du succès.

Il secoua la tête et ne me répondit pas : mon cœur se serra et je pâlis. J'eus alors la notion d'un danger inconnu, contre lequel je serais impuissant à lutter; ce fut comme une jalousie dont l'objet réel m'échappait, mais qui me causait une intolérable souffrance.

J'entrai. Sitâ était debout, et alors, mieux encore que dans le premier trouble du réveil, je vis l'adorable perfection de cette créature, qui peut seule caractériser le mot prononcé par son frère — la prêtresse.

Dans l'élancement de sa taille souple, dans la ligne de ses épaules, de son cou, de son corsage, dans la rectitude adoucie des plis de sa robe, il y avait je ne sais quelle placidité religieuse qui troublait et attirait à la fois. Ses cheveux noirs, par un arrangement non cherché, faisaient à son front un bandeau mystique, et dans ses yeux profonds et doux, le regard se perdait, ainsi qu'il arrive, lorsque le soir, par fantaisie, étendu sur le dos, on plonge dans les gouffres de l'immensité nocturne.

Elle ne me tendit pas la main, je ne lui offris pas la mienne : je ne me sentais pas le courage des banalités.

Lorsque nous fûmes assis, j'attendis qu'elle parlât, certain de retrouver au premier mot prononcé la note dont en moi j'avais conservé l'écho.

— Monsieur, me dit-elle, mon frère, qui vous aime beaucoup, a bien voulu me consulter à votre sujet. Est-il bien vrai que vous soyez décidé à partager nos travaux et nos études ?...

J'hésitai à répondre. Je venais de faire une remarque nouvelle. Sa voix — cette voix qui dut être celle du Sphynx parlant à Œdipe — s'accordait, comme en une sorte de tierce, à celle de son frère ; et je sentis tout à coup que la mienne, intervenant, allait sonner faux ; et cette conviction, qui était exacte, s'imposa si fort à moi que je m'inclinai, sans prononcer un mot :

— Voulez-vous me permettre, reprit-elle, de vous faire connaître mon impression, en toute franchise : j'espère que vous ne vous en blesserez pas, puisqu'en réalité mes objections s'adressent moins à vous personnellement qu'à la race française à laquelle vous appartenez...

— Mais n'es-tu pas Français comme moi ? m'écriai-je étourdiment en m'adressant à Georges.

Il sourit et, me touchant doucement le bras :

— Ecoute ma sœur, fit-il.

— Nous sommes Français en effet, reprit Sitâ. Mais qui sait exactement quelle est sa descendance ? En ce moment, il s'agit non de nous, mais de vous seul. Eh bien, je crois que vos qualités même, inhérentes à votre origine toute gauloise, toute parisienne, sont un grand obstacle à vos désirs. En l'étude qui vous attire, vous voyez surtout le côté philologique... et même si j'en crois certains mots qui vous sont échappés pendant votre léthargie, vous êtes surtout entraîné par la curiosité innée en tout homme, curiosité du mystère, de l'occulte... Répondez-moi franchement, ne vous imaginez-vous pas, d'aventure, que la connaissance profonde de langues orientales peut donner, aux adeptes, accès dans un monde surnaturel, où s'acquièrent des pouvoirs... magiques. Et ne serait-ce pas là, dites-le moi, la raison vraie de votre ardeur de néophyte ?...

A ce moment, ses yeux étaient fixés sur moi, et, chose singulière, il me semblait que je sentais sur mon front, sur mes tempes, les effluves réels, matériels, tangibles et touchants de ce regard : et mon émotion fut telle que je répondis vivement :

— Vous lisez donc dans ma pensée ?

Puis je m'arrêtai brusquement, ennuyé de la vibration inharmonique de ma propre voix.

Ses paupières se baissèrent, et elle reprit doucement :

— Vous voyez bien que déjà vous m'attribuez, je ne sais pourquoi, un pouvoir surnaturel. Quoi qu'il en soit, mon observation a touché juste...

— Est-ce donc un crime, m'écriai-je, que de rêver l'élargissement des facultés dont vous a doué la nature ?

— Non, certes, dit Sitâ. Le devoir de l'homme est de devenir meilleur, et tout ce qui est bon est puissant. Mais si cette puissance peut être acquise — ce que je n'affirme ni ne nie, bien entendu, consciente que je suis de mon ignorance — elle n'a de valeur qu'en raison du résultat cherché ! Supposez un instant que vous soyez doué d'un pouvoir supérieur, en de certaines proportions qui vous permettent de changer plus ou moins l'ordre de la nature — supposez que vous puissiez... tenez... vous transporter instantanément d'un lieu à un autre, pénétrer à travers les corps matériels, ou bien encore découvrir es trésors cachés... que sais-je? Je cherche dans les actes légendaires des magiciens ce qui pourrait convenir à ma thèse... je vous demande de dire quel usage vous feriez de ce pouvoir...

Je balbutiai, ne trouvant pas la réponse topique :

— Vous emploieriez votre force, reprit Sitâ, à conquérir la gloire... vous voudriez être puissant parmi les puissants... je ne vous parle même pas de richesses, de luxe, de satisfactions matérielles. Vous pouvez être assez généreux pour les mépriser... Mais n'éprouveriez-vous pas un infini bonheur à devenir l'idole de vos contemporains, à les dominer de toute la hauteur de votre énergie, à vous entendre saluer Maître, Roi... ne concevez-vous pas dans votre cerveau les joies immenses du pouvoir accepté, respecté... de l'universelle acclamation, vous saluant au passage, du salut de tout un peuple enthousiaste... dites... est-ce que vous repousseriez ce rêve ?...

— Fallût-il ma vie pour en obtenir la réalisation, m'écriai-je dans un transport dont je ne fus pas maître, je suis prêt à la donner...

Et, frémissant, emporté par l'illusion splendide et dominatrice, je regardai Sitâ, hardiment, comme pour lui offrir de partager avec moi cette puissance...

— La science que vous cherchez, reprit-elle plus froidement, impose à l'homme l'abnégation la plus absolue le renoncement complet, irrémissible, à toute ambition et à tout égoïsme. Son acquisition a pour condition première la conception de la charité, de l'amour d'autrui, du sacrifice, en leurs acceptions les plus profondes. Toute science donne puissance, ceci est un axiome. La nôtre ne donne puissance que pour le bien... le bien de l'humanité tout entière. S'il pouvait arriver —ce qui est impossible — qu'un de ceux qui la possèdent conservât une pensée d'intérêt personnel, par ce seul fait, il ne serait plus qu'un ignorant et il retomberait plus bas que le plus bas des parias et des esclaves... Voilà ce que vous ne saviez pas, monsieur, lorsque vous avez demandé à mon frère de partager nos travaux, voilà ce qui m'engage à lui donner le conseil de vous mieux avertir que je ne le puis faire moi même. Réfléchissez donc, et encore une fois, pardonnez-moi...

—Réfléchir ! m'écriai-je. Mais vous ne m'avez donc pas compris ! Sais-je seulement ce que je veux ? A mon tour, ne vous blessez pas si je vous dis que vous m'avez tendu un piège... Quel homme eut entrevu, sans frissonner de passion, le tableau que tout à l'heure vous traciez devant moi... alors que vous me jetiez en des horizons de gloire et de puissance ou l'âme sent le vertige. Et de cette puissance, qui vous dit que je ne rêvais pas, dès lors, dans une vision rapide, de n'en user que pour le bien d'autrui... mais je ne veux pas discuter. Je m'étais mépris, j'ai butté contre l'obstacle que vous-même placiez devant mes premiers pas... je reconnais mon erreur, je la confesse, je la maudis. La voie où je me veux engager est autre, je l'accepte, avec ses souffrances, avec ses renoncements, avec son martyre, s'il le faut... Vous l'avez dit, je suis un néophyte, un apprenti, un enfant... mais puisque tous deux vous apprenez la charité, l'essentielle bonté, pourquoi repousseriez-vous mon bon vouloir et ma sincère résolution? Je vous en supplie... Georges le sait, je n'ai point de but dans ma vie. Je me sens attiré vers ces travaux par une attraction puissante... Quel que soit votre chemin, je veux le suivre... et si je n'y rencontre que souffrance et désillusion, eh bien! vous m'abandonnerez, et sans un soupir, sans un reproche, je vous verrai partir seuls pour les régions lumineuses où je n'aurai pu vous suivre !

— Poète ! fit Georges en riant.

Poète, peut-être, mais surtout... dirai-je amoureux! non, le mot ne rend pas l'exquis et poignant sentiment qui m'envahissait de plus en plus. Je ne m'appartenais plus : je me sentais devant elle humble comme le valet qui tremble d'être chassé ! Ah! je l'aimais, je l'adorais... comme je l'aime et je l'adore à cette heure où n'ayant pris de son trésor de science que la parcelle maudite, je m'en vais affronter la mort pour me rapprocher d'elle !

A cette tirade romantique, Sitâ n'avait rien répondu : mais j'avais vu se répandre sur son visage un voile d'indicible tristesse. Craignant de l'avoir blessée par quelque expression trop vive — que je m'essayais d'ailleurs en vain à retrouver dans ma mémoire — je me tus à mon tour.

Mais Georges, devinant mes préocupations, mit la conversation sur un autre sujet, et nous causâmes du passé de mon enfance, tandis que Sitâ, toujours silencieuse, semblait absorbée en une méditation intime.

Tout à coup, à côté, au-dessus de nous, —je n'aurais pu dire alors d'où cela venait — jaillit le son clair, mais extrêmement doux, d'une clochette ; c'était comme si on eut frappé légèrement d'une lame de couteau un verre d'une exceptionnelle finesse, cela et autre chose cependant, un son plus pur, plus éolien.

Sitâ et son frère tournèrent brusquement la tête et se regardèrent. La jeune fille était un peu pâle. Elle semblait interroger Georges des yeux. Il dit seulement :

— Oui, oui... va!

Sitâ se leva : comme par un mouvement instinctif, ses deux mains se croisèrent sur sa poitrine, et de son pas lent, mais ferme, elle sortit de la pièce.

Georges l'avait suivie du regard, et je lisais sur son front une sorte d'inquiétude :

— Qu'était-ce donc que ce coup de clochette ? lui demandai-je. Un appel ?

Il me considéra, comme si tout d'abord il n'eût pas compris ma question. Puis il répondit :

— Oui, un appel...

— J'aurais juré, repris-je, que cette clochette avait tinté ici même, dans l'air qui nous environne...

Georges me prit la main et, d'un ton plus sérieux qu'à l'ordinaire, me dit :

— C'est un appel. Je ne puis rien te dire de plus.

Et entre nous le silence s'établit de nouveau, lui jetant les yeux vers la porte par laquelle Sitâ était sortie, moi, immobile et oppressé, comme si tout à coup je m'étais trouvé sur le seuil de l'inconnu.

Un quart d'heure s'écoula qui me parut un jour.

Puis du dehors, à travers la porte, Sitâ appela son frère qui se leva aussitôt et disparut à son tour.

Resté seul, je laissai tomber ma tête dans mes

mains. Que disait Sitâ à son frère ? Avait-elle deviné mon secret, et allait-elle prononcer l'ordre de mon exil ? Et à cette pensée, j'éprouvais une telle douleur que je me sentis mourir. M'étais-je donc si vite si niaisement trahi ? Quelle jeune fille ne se fût pas trouvée blessée d'un aveu aussi brusque, aussi brutal pour mieux dire ?

Hélas ! je ne la connaissais pas encore, et j'ignorais de combien de vanité stupide était faite ma crainte.

Georges revint bientôt et me dit :

— Sitâ restera dans sa chambre toute la journée. Si vous le voulez, nous irons prendre l'air, comme jadis, quand mon père vivait...

— Soit, lui dis-je, mais m'excuserez-vous de vous adresser une question ?

— Laquelle ?

— Ma requête est-elle définitivement rejetée ?

Il fixa sur moi son regard doux et bon :

— Demain, dit-il, vous pourrez commencer vos études.

Je poussai un cri de joie en le remerciant avec effusion.

— Ne vous hâtez pas de vous réjouir, reprit-il ; qui sait si toute votre vie vous ne regretterez pas d'avoir obtenu ce consentement.

Oh ! je ne l'écoutais pas, je ne l'entendais pas. Elle m'accueillait, elle ne me chassait pas ; j'allais, à chaque heure, vivre de sa vie !

Et maintenant je sais que Georges disait vrai..

Je ne regrette rien, mais je suis perdu !...

VIII

Mon installation s'effectua rapidement. Un appartement se trouvait libre sur le même palier. Je l'occupai immédiatement. Il fut convenu, à ma grande joie, que nous prendrions nos repas en commun. Les études devaient occuper tout notre temps. En somme, j'étais l'hôte de Georges et ne rentrais chez moi que le soir.

Alors commença pour moi une année qui fut toute de délices : j'avais accepté dans sa réalité ce rôle d'élève que j'avais sollicité ! Elève à la fois de Georges et de Sitâ, celle-ci se chargeant plus spécialement de la haute surveillance de mes études. Certes, le Parisien qui eut pénétré à l'improviste dans cet appartement, où deux jeunes gens et une jeune fille passaient presque en totalité leurs journées, eut été bien surpris. Auprès de la bibliothèque où se tenait le plus souvent Sitâ, étudiant des manuscrits, prenant des notes, creusant jusqu'au tuf la science des anciens aryens, Georges, dans un cabinet où se trouvaient seulement deux bureaux et quelques chaises, me faisait la leçon comme à un écolier.

Tout d'abord, il m'avait été imposé d'apprendre l'anglais, non seulement dans son vocabulaire courant, mais surtout dans sa terminologie scientifiquc et métaphysique. Malgré l'effrayante aridité de cette tâche, je l'accomplissais avec une ardeur joyeuse. Les Hindous modernes, m'avait expliqué Sitâ, commentent en la langue de leurs dominateurs les antiques écrits dont les originaux, cachés dans les Temples de l'Inde du Sud, ne sont pas encore livrés au public. Il importe donc, pour pénétrer plus avant dans les arcanes de la science sacrée, de comprendre par quelles expressions des langues occidentales, ils traduisent les idiotismes philosophiques dont, *à priori*, le sens peut nous échapper. Et, de fait, quoique en six mois je fusse parvenu — tant était grande ma persévérance — à lire couramment n'importe quel texte anglais, dès que j'ouvrais une œuvre due à un Hindou et traitant des théories bouddhiques, il me semblait pénétrer dans un monde inconnu où tout n'était que nuages.

Je compris alors la parole de Sitâ, alors qu'elle avait opposé à mon désir ma qualité de Français : il y a en nous une netteté de déduction, une mathématique de bon sens, si je puis dire, qui s'accommode mal de la ténuité des argumentations métaphysiques, de la délicatesse du fil qui unit une idée à une autre : ayant le génie de l'assimilation, il nous manque par cela même la patience des lentes argumentations.

A tout instant, il me semblait avoir compris, dans son ensemble, le système cosmogonique et historique des Hindous et je l'exposais, victorieux, dans un flux de paroles qui s'enchaînaient, croyais-je, selon les règles d'une logique inflexible.

Alors intervenait Sitâ. C'était le soir, alors que le travail actif avait cessé, et que tous trois nous demandions à la conversation un délassement à nos silences du jour. Je parlais : fier de moi, j'entendais prouver que j'avais posé le pied sur le seuil du temple où — dans ma pensée — j'entrerais en triomphateur, avec Elle ! Et voici que d'un mot, Sitâ me rejetait dans les profondeurs de mon ignorance. Je l'écoutais, ravi même de ses critiques, savourant cette voix qui était ma vie. L'avouerai-je ? J'entendais la mélodie, notant une à une ses finesses, ses rythmes, ses arabesques musicales qui me charmaient et m'enivraient..... et de l'autre science je percevais bien peu de chose.

Cependant peu à peu la lumière se faisait en moi : j'avais franchi un premier pas, car j'avais perdu cette conviction que la science moderne — j'entends celle des Occidentaux — science purement matérielle, positiviste et qui se tient à l'écart de toute spéculation métaphysique — fût le dernier mot de la connaissance humaine. Mon horizon s'était subitement élargi et j'avais admis la possibilité d'une science plus haute, touchant à la destinée des Êtres ; j'avais entrevu — non sans quelque effroi — le cycle sublime dans lequel se meut la vie — de la Matière à l'Esprit — depuis les manifestations les plus grossières jusqu'à la dilatation la plus infinitésimale, jusqu'à l'Unité !

Cette science était-elle encore en son enfance et ne se développerait-elle que lorsque la science purement matérielle aurait résolu sa dernière équation ? Je percevais maintenant, en me pénétrant des écrits hindous, l'existence de personnalités mystérieuses, adeptes de la science pure et doués de pouvoirs qui, sans excéder les facultés de l'humanité, en constituent au contraire le développement, mais poussé jusqu'à des limites qu'il ne nous est pas encore donné d'atteindre, en l'état de civilisation toute matérielle où nous vivons.

Je fus frappé alors de la lumière, jetée tout à coup sur le monde des forces spirituelles, par les phénomènes d'hypnotisme, de suggestion, d'influence des médicaments à distance, que nos professeurs étudient aujourd'hui dans les hôpitaux : il y avait là pour moi la démonstration éclatante d'une puissance psychique, dont les effets, soumis à l'expérimentation exacte, pouvaient et devaient être formidables.

Les adeptes Hindous — ceux qu'on désigne sous le nom de Mahatmas — sont-ils en possession de la totalité de ces Forces, où n'en ont-ils acquis encore que quelques parcelles ? Quoi qu'il en soit, j'avais la conviction qu'il leur était permis d'accomplir tels actes qui, à mes yeux, semblaient des miracles, et qui cependant pouvaient s'expliquer par le développement supérieur de la puissance fluidique ou psychique.

Quand je soumis ces idées à Sitâ, elle s'efforça de m'en détourner, — non qu'elle en niât la justesse, du moins sous certaines réserves, mais elle me dit :

— Mon ami, si vous travaillez avec nous pour acquérir la puissance, vous faites fausse route.

— Quel est donc votre but ? m'écriai-je.

— Le bien de tous, répliqua-t-elle en fixant sur moi ses grands yeux noirs.

— Mais ne sais-je pas moi-même que vous possédez déjà des facultés supérieures, conquises par votre persévérance... Ne sais-je pas que vous êtes en relation, par une sorte de télégraphie psychique avec les Adeptes de l'Inde, ne sais-je pas que, si quelque communication vous doit être faite, vous êtes avertie par le son d'une clochette aérienne ?... ne sais je pas enfin que certaines lettres, adressées par vous aux Indes, reçoivent leur réponse sans que les délais — réguliers, matériels, humains — soient écoulés — et n'est-il pas naturel que je désire, moi aussi, obtenir cette multiplication de facultés...

— C'est-à-dire, reprit Sitâ en souriant, que vous me prenez pour une magicienne et que vous voulez devenir vous aussi un magicien...

— Pourquoi non ? En vous rien ne peut être criminel... c'est vertu que de vous imiter et de vous suivre...

Et en lui parlant, je m'efforçais de mettre toute mon âme sur mes lèvres. Comprenait-elle l'amour profond que je lui avais voué ? Comprenait-elle pourquoi je me soumettais à cette claustration, pourquoi je me rapetissais à ce rôle de disciple auquel on mesure la science, comme s'il n'était pas capable de la supporter, pourquoi enfin je voulais — oui, je voulais maintenant — posséder cette puissance que je devinais... et qui me ferait son égal, sinon son maître.

Ah ! que j'eusse donné ma vie pour la voir à son tour, attentive à mes leçons, témoigner par son attention de son admiration attendrie ! Quelle torture c'était pour moi, quand je m'épandais en théories qui me paraissaient sublimes, que de surprendre au coin de sa bouche un sourire amicalement ironique.

Ce soir-là, profitant de la familiarité qui peu à peu

s'était glissée entre nous, j'insistai. Je lui reprochai son orgueil. Pourquoi ne me croyait-elle pas digne de m'élancer, comme elle, comme son frère, jusqu'aux plus hautes sphères de la métaphysique ? Est-ce que je niais, est-ce que je discutais seulement les principes que j'avais acquis d'elle ? Est-ce que je n'admettais pas comme une vérité l'existence d'une force spirituelle indépendante de la forme physique et pouvant, par la méditation, par l'étude, par la volonté, s'épurer de plus en plus ? Est-ce qu'au-dessus de cette forme physique et de cette force vitale, je n'acceptais pas l'existence de la conscience, expression suprême, quant à la créature humaine organisée, de la force psychique liée au corps ? Est-ce que je me refusais à concevoir l'existence de races supérieures à la nôtre, purement spirituelles, et s'élevant par une évolution admirable à la fusion de l'Esprit individuel dans l'Esprit Universel et non différencié ?

Je disais tout cela, passionnément, comme si chaque mot n'avait eu qu'une seule signification : Amour ! — Comme si, en déifiant sa science, je l'eusse déifiée elle-même.

Et elle ne me répondait pas, s'absorbant dans une méditation qui mettait à son front un pli douloureux. Je lui faisais pitié, sans doute !

Je m'irritai alors, je m'emportai, je l'accusai d'égoïsme et d'insensibilité. Je n'étais plus, après tout un enfant auquel on fît la leçon, un gamin dont on dirigeât les lectures. J'en savais assez maintenant pour avoir droit à la science totale... et je la réclamais... et je l'exigeais...

Sitâ me dit :

— Pas encore !

— Mais pourquoi ? pourquoi ?

Elle se leva, me regarda en face et me répondit :

— Parce que vous n'êtes pas bon !

Je reculai, foudroyé non pas seulement par ce mot horrible, mais par l'irradiation de son regard qui glaça mon cerveau. Je crispai mes deux mains sur mon visage pour me soustraire à cet effet ; et après quelques secondes, pendant lesquelles il me sembla que j'endurais les affres de la mort, je regardai de nouveau. Elle avait disparu.

Georges me prit les mains, s'efforçant de me ramener au calme. Son intervention ne fit que m'exaspérer davantage. Je m'exhalai contre lui en reproches furieux. C'était à son influence que je devais la haine de sa sœur. D'ailleurs n'était-ce pas un crime que de condamner une jeune fille à ces études arides et sans but ? Etait-ce là le rôle d'une femme dans la vie ? S'il était, lui, sous l'influence de charlatans que je ne connaissais ni ne voulais connaître, avait-il le droit de leur livrer l'âme et l'intelligence de Sitâ ? Fallait-il que j'en vinsse à lui attribuer je ne sais quelles ambitions égoïstes, pour la satisfaction desquelles sa sœur n'était qu'un instrument ?...

Georges m'arrêta d'un geste :

— Écoute, me dit-il. Je ne te répéterai pas les dernières paroles de ma sœur. Je veux espérer qu'elle se trompe. Ne me force pas à la croire. Lorsque tu as demandé à étudier avec nous, tu as été soigneusement, sincèrement averti. La science est une arme à double usage, selon les mains qui la tiennent, épée de l'archange ou poignard de l'assassin. Songes-y. Le mythe d'Hercule hésitant au carrefour, est profondément humain : deux routes s'ouvrent devant toi, l'une, la nôtre, mène à la Bonté suprême, au Bien... l'autre, je te laisse à comprendre où elle conduit... Seulement souviens-toi que, selon la route choisie, tu devras ou nous suivre ou... te séparer de nous...

IX

Oh ! combien fut atroce cette nuit, où je m'interrogeai, face à face avec moi-même. Et ce que j'écris ici n'est pas une vaine métaphore.

Oui, cette nuit-là, j'eus la notion positive, indiscutable du phénomène que j'ai tant étudié depuis, et dont tout à l'heure je vais poursuivre la réalisation jusqu'à la limite suprême, ou la Vie et la Mort ne sont séparées l'une de l'autre que par un point mathématique.

Donc j'étais rentré dans mon appartement, énervé, fiévreux, sentant dans ma poitrine un foyer de colère qui ne se répandait pas au dehors, mais dont au contraire je sentais la flamme me brûler tout entier, la chaleur courir le long de toutes mes fibres, pénétrer dans les replis de mon organisme. J'étais en ce moment comme une chaudière qui porterait son foyer en elle-même et qui n'aurait point de soupape d'échappement.

Tout mon être physique était en quelque sorte distendu par une pression trop forte.

Ma force vitale s'accumulait en moi, sous la production surchauffée de mes pensées.

Je ne parlais, pas je ne criais pas. Toute ma vie était dans mon cerveau dont mes lobes fonctionnaient avec une activité extraordinaire.

Immobile, comme faradisé, je ne réfléchissais pas : car réflexion implique emploi mental des formes du langage des mots. Je subissais une suite d'impressions non formulées, et qui étaient comme la représentation imaginée de mes sensations. Je voyais Sitâ là debout devant moi et sans penser même les mots : « Je vous aime ! » je l'enveloppais de mon amour. Sa colère, son mépris — car c'était là ce que j'obtenais d'elle — pesait sur moi, m'écrasait, me brisait. Un moment vint où dans une hallucination folle, je crus sentir qu'elle me tuait. Et le sursaut de terreur, de douleur fut tel que je fis un effort violent pour lui échapper, ou plutôt pour la dominer, pour la vaincre.

Dans cet élan de tout mon être pour aller à elle, j'éprouvai comme une déchirure à la région du cœur, et soudain, il me sembla que ma vie s'en allait par là, comme par une blessure. Subitement mon cerveau était devenu froid, comme à demi-vide, en même temps qu'une sensation de souffle — qui ne m'était pas inconnue — mais qui cette fois allait du dedans au dehors, de l'intérieur de ma poitrine à l'air ambiant — me causait une sorte de suffocation. Ainsi souffrirait la cloche de la machine pneumatique, si elle était un corps organisé, au coup de piston qui lui enlève l'air.

D'ailleurs loin de résister, je me prêtais, j'aidais de

toute ma volonté à cet essor de ma force vitale : j'y trouvais la jouissance d'un engourdissement exquis, d'une ivresse singulière, comme celle qui précède la syncope définitive. Mais je n'allai pas jusque-là ! Mes sens n'étaient pas abolis, mon intelligence fonctionnait encore, mes yeux voyaient... et voyaient ceci.

A deux pas de moi, une forme blanchâtre, mais d'une teinte si faible que je la percevais à peine, se dressait, silhouette nuageuse, sidérale, de mon être propre. Bien qu'elle n'eut ni traits ni physionomie, je la reconnaissais. C'était bien moi que j'avais devant moi, c'était l'essence même de ma vie matérialisée : et je me souvins tout à coup des médiums qui ainsi se dédoublaient. Jusque-là, j'avais ri comme tant d'autres des expériences de William Crookes, étudiant ces apparitions au moyen d'instruments de précision, notant minutieusement leur influence matérielle, les photographiant même, doutant de ses sens et les contrôlant par des vérificateurs automatiques.

Mais chose, qui me paraissait alors singulière, à mesure que je raisonnais, la forme s'effaçait, comme si la force vitale qui la constituait fut rentrée en moi : si au contraire je parvenais à ne plus penser, elle s'accentuait et ses contours s'affirmaient.

Un moment, elle devint même si nette que je me sentis épouvanté comme devant une manifestation fantastique ; ma peur se traduisit en un effort violent du cerveau, je tombai en arrière, inanimé.

Quand je revins à moi, trois heures s'étaient passées. J'étais extraordinairement las, mais mes idées avaient repris leur netteté.

Je raisonnai.

Un point était pour moi hors de doute: J'avais senti, j'avais vu. Je n'étais pas fou, je n'avais pas été le jouet d'une hallucination.

Et m'aidant des premières connaissances acquises déjà pendant cette année de travail, je posai ainsi les termes du problème.

Me rappelant les accidents de ma jeunesse, les projections de volonté — ou de fluide vital — dont plusieurs fois j'avais eu la preuve indiscutable — je concluais que, grâce à mon organisation exceptionnelle, j'avais le pouvoir de lancer hors de moi tout ou partie de ce qui constitue mon individualité, mon énergie, ma vie. Ce quelque chose, pour être impalpable, dilué, n'en avait pas moins son entité propre : et je me souvins alors de cette expression des occultistes de l'Inde : *le corps astral*, qui est au corps ce que la vapeur est à la machine qu'elle remplit, ce que l'électricité est à l'appareil qu'elle fait agir.

Les enseignements reçus s'éclairaient tout à coup. Le ternaire humain m'apparaissait composé de corps physique, de corps astral ou force vitale qui le fait agir physiquement, et de volonté ou conscience qui exerce son action sur les deux éléments.

Donc maître par ma volonté de mon corps physique, je l'étais également de mon corps astral — que les Hindous appellent *linga Sharira*. Chose curieuse, c'était là un des premiers mots sanscrits qui m'avaient frappé et qui m'avaient donné le désir de l'étude. N'y avait-il pas là comme une prédestination ?

Et je trouvais en cette conception l'explication du fluide des magnétiseurs comme des prétendus miracles accomplis par les médiums, Je devinais que ma volonté pourrait diriger cette force issue de moi, lui imposer certains actes; et je me sentais déjà possédé d'un immense orgueil, en songeant à cette puissance merveilleuse et secrète que j'entendais bien ne pas gaspiller inutilement à la façon des jongleurs, mais employer tout entière à la réalisation de mes désirs.

Dès ce moment, un calme profond se répandit en moi. J'étais sûr de ma force, j'étais en possession complète de moi-même. J'aurais raison de toutes les résistances quelles qu'elles fussent.

Et Sitâ, Sitâ pourrait-elle se refuser à l'admiration, quand elle constaterait que j'avais conquis, par moi-même, par ma seule énergie, cette puissance qu'elle attribuait aux Adeptes qui se cachent là-bas dans les solitudes de l'Himalaya ! Ne serais-je pas enfin son maître, son époux, son roi ? Ne l'entendrais-je pas un jour me dire, comme la Sitâ du Ramayana, dont elle avait emprunté le nom :

— J'irai partout où tu iras. Séparée de toi, je ne voudrais pas habiter le ciel même, je te le jure, par ton amour, par ta vie !... Le paradis sans toi me serait un séjour odieux ; l'enfer, si nous le partagions ensemble, vaudrait pour moi le ciel !...

Joies ineffables ! Espérances triomphantes !

Hélas ! de tout cela, que restera-t-il tout à l'heure ?

X

Dès le lendemain, je fis ma soumission. J'implorai mon pardon.

N'étais-je pas excusable, après tout, d'avoir eu trop d'ambition? J'étais jeune, ardent, enthousiaste. Dans l'aridité du travail auquel je m'étais rivé, était-il criminel de rêver l'approche de la source suprême! Oui, je n'étais qu'un élève, un enfant, un catéchumène. Je me courbais.

Georges, tout heureux, m'embrassa. Sitâ me répondit par son sourire énigmatique. Et le labeur recommença, mais cette fois, ma voie était mieux tracée. Je savais où je tendais.

La bibliothèque orientale de mes amis étant à ma disposition, je pus choisir les livres qui offraient pour moi un intérêt spécial, et ce fut alors que je compris de quelle utilité il avait été pour moi d'apprendre la langue anglaise, avec la persévérance qui m'avait été imposée.

Je me remis d'ailleurs au sanscrit avec une ardeur nouvelle : et à la lumière de mon expérience personnelle, je perçai rapidement toutes les obscurités dont jusqu'alors les textes m'avaient paru enveloppés. Les *Upanishads*, le *Bhagavat Gita* me devinrent d'une lecture facile. D'ailleurs je m'exerçais peu à peu au jeu de ma volonté. Je savais à certains moments la concentrer, la mettre en action, décupler pendant un temps, encore très court, mais que je prolongeais peu à peu, l'acuité de mes facultés de compréhension.

Bien entendu, mes amis ne soupçonnaient rien du travail intense que j'opérais sur moi-même.

J'avais compris d'ailleurs que, sous peine de la vie, je devais développer progressivement, par degrés presque insensibles, l'exercice de ma force psychique. Qu'était-ce qu'une, deux années d'efforts continus et soigneusement mesurés, quand j'avais la certitude de la victoire.

Sitâ était dans tout l'éclat de sa jeunesse et de sa beauté. La sympathie que m'attireraient de sa part mon assiduité et ma docilité faciliteraient singulièrement ma tâche.

J'étais patient, parce que je ne redoutais rien.

Jamais un homme ne franchissait le seuil de la maison : aucun rival n'était à craindre : puis j'estimais trop hautement l'intelligence de Sitâ pour supposer qu'elle put s'abandonner à quelque vulgaire affection pour un homme indigne d'elle. La clef qui ouvrirait ce cœur devait être d'or ; et cet or, ce serait ma science, à moi, et ma puissance.

J'éprouvais je ne sais quelle jouissance délicate et aiguë à la fois à constater la réserve avec laquelle elle ne cessait pas de me traiter, depuis le jour de notre discussion. Elle m'avait pris en défiance, c'était évident : elle eut voulu trouver en moi plus d'abnégation, plus de renoncement à toute ambition humaine. Que m'importait? j'étais certain, le moment venu, de l'envelopper si bien de ma force, de la pénétrer si intimement de mon influence, de la soumettre si passivement à ma volonté, en un mot de la conquérir si complètement qu'elle n'aurait même plus la notion de la résistance...

Et alors, par moi, elle serait emportée dans la sphère des dominations, au-dessus de toutes les créatures terrestres.

Quel rêve pouvait être à ses yeux supérieur à ce rêve !

A cette question, il devait m'être répondu par un coup de foudre...

La deuxième année de mon stage apparent venait de s'achever, et lentement, mais sûrement, j'avançais dans ma voie.

J'avais su, par un examen attentif de mes paroles et de mes actes, atténuer les préventions de Sitâ : peu à peu, du moins je le croyais, je pénétrais dans son cœur et gagnais sa sympathie. Certaine de ma docilité, elle se livrait de plus en plus, m'ouvrant les trésors de son intelligence, dont la profondeur m'eut épouvanté, si je n'avais su que bientôt ma force lui serait égale.

Mon amour se transformait en adoration : depuis quelque temps surtout, sa physionomie s'était éclairée de lueurs nouvelles. Son visage était une âme, son regard était une pensée, son sourire une clarté.

Etait-ce la femme qui s'éveillait en cette vierge ? Parfois il me semblait surprendre en elle les signes d'un alanguissement qui m'inquiétait; mais si timidement je lui adressais une question, alors elle semblait s'éveiller tout à coup : « Jamais je ne me suis sentie aussi forte ni aussi heureuse » me répondait-elle, en même temps qu'un éclair jaillissait de ses yeux.

J'en arrivais parfois à m'imaginer qu'elle avait deviné la passion qui me brûlait le cœur : j'attribuais à ses résistances, à un amour naissant ces pâleurs, ces oppressions que je remarquais. J'aurais voulu qu'elle parlât, qu'elle m'encourageât. Et pourquoi ne pouvais-je pas l'y contraindre. Ma force de volonté, par suite de l'entraînement raisonné auquel je me livrais, commençait à prendre un développement normal. J'en avais déjà fait plusieurs fois l'expérience dans la rue, au théâtre. Si je fixais mon regard sur un passant, je le voyais, à mon ordre mental, ralentir le pas, puis s'arrêter. L'effet que produisait mon effort m'était connu, ma force psychique projetée hors de moi saisissait l'individu et le contraignait à m'obéir. Aussi dans une salle de spectacle, je forçais l'auditeur le plus attentif à détourner les yeux de la scène pour les porter vers moi. J'étais allé plus loin. Un jour, comme je passais devant un magasin, je vis un attroupement devant la porte : on venait d'arrêter un homme qui avait volé un objet à l'étalage. Mais comme il avait eu le temps de se débarrasser du produit de son larcin, il niait avec énergie, si bien que le doute commençait à entrer dans l'esprit des assistants.

Je m'avançai, et constatai, à la pâleur de cet homme, à certain tic du visage dont il ne paraissait pas avoir conscience, que j'étais en face d'un alcoolique et d'un névrosé. Sans lui adresser une parole, je le regardai fixement, non en plein visage, mais à la nuque, et, par un effort mental, je lui ordonnai d'avouer son méfait et de dire toute la vérité.

Et instantanément, il fut secoué d'un tremblement

convulsif, se mit à pleurer, sous l'influence indéniable d'un ébranlement nerveux, s'avoua coupable et désigna le complice auquel il avait remis l'objet volé.

Ainsi je ne pouvais plus douter : mon pouvoir existait, mais encore — je le reconnaissais moi-même — dans des proportions très modérées. Quand j'avais accompli un effort semblable, il se passait plusieurs jours sans que je pusse le renouveler. L'influx nerveux que j'avais dépensé en quelques secondes ne se reconstituait que lentement.

J'avais tenté aussi d'autres expériences, celles-ci sur des objets matériels. Il est bien entendu que, par le toucher, j'étais bien vite parvenu à produire dans des choses inanimées, comme une table, le dossier d'une chaise, des craquements, des chocs que je pouvais même, jusqu'à un certain point, diriger au gré de ma volonté, en les rhytmant, en limitant leur nombre. Mais c'étaient là des jeux d'enfant qui ne me suffisaient pas.

Depuis quelque temps, j'employais, chaque nuit, une heure à tenter d'exercer cette influence à distance : je parvenais à projeter hors de moi une quantité de fluide psychique — une parcelle de mon corps astral, de ma force vitale — et à la diriger sur un objet, un meuble, un porte-plume, une feuille de papier. Mais jusqu'ici l'effet produit était presque nul. Comme ma volonté ne s'exerçait que dans des conditions de calme absolu, elle n'avait point l'impulsion que j'aurais obtenue, en la projetant à l'état de colère ou de passion. A peine l'objet le plus petit se déplaçait-il de quelques millimètres. Même j'avais douté de moi et avais établi un instrument de précision, qui, par une méthode graphique, enregistrait ces mouvements. Ils étaient réels, donc augmentables, et cette constatation me suffisait, puisqu'elle prouvait la réalité des phénomènes et en même temps les effets progressifs obtenus par mes études.

J'avais, en tous cas, franchi le premier stade de l'incrédulité et de la défiance. Et dans ce que j'avais appris des pouvoirs des adeptes de l'Hindoustan, rien ne me paraissait plus impossible.

Pourquoi ne pas admettre, en effet, que des hommes, relégués depuis de longs siècles dans des solitudes mystérieuses, eussent acquis et conservé, en se les transmettant sous le sceau du mystère, une science qui serait à celle de l'électricité ce que l'électricité elle-même est aux notions de force que nous connaissions il y a un siècle. Celui qui, à la cour de Henri III eut parlé de communiquer la parole en quelques secondes de Paris à Bruxelles eut passé pour un fou. Pourquoi dans un siècle la transmission de la pensée, de la volonté, d'homme à homme, par un véhicule éthérique encore inconnu, ne serait-elle pas devenue chose banale? Pourquoi cette force vitale, jusqu'ici non étudiée, non développée, ne produirait-elle pas des effets, qui aujourd'hui semblent œuvres de magie, et qui ne seraient, une fois dirigés et canalisés pour ainsi dire, que des moyens de civilisation et de bien-être?

D'ailleurs à quoi bon raisonner? les faits étaient pour moi patents, indiscutables. Que m'importait l'avenir? Que m'importait l'humanité de demain?

Pour moi, un seul but existait, l'amour de Sitâ : et à ce but je sacrifirais tout, jusqu'à ma vie.

Déjà je songeais à la soumettre : il me semblait que j'étais assez fort ; et il m'arrivait, lorsque je la voyais pensive, à quelques pas de moi, les yeux à demi-fermés, de tenter de lire dans sa pensée ou de la contraindre à s'imprégner de la mienne. Oh ! que n'eussé-je fait pour pouvoir déchiffrer l'énigme qui se cachait sous ce front blanc, derrière ces yeux purs !

Mais en vain je concentrais, comme en un faisceau, toutes les énergies de ma volonté, il me semblait qu'elle fut entourée d'un cercle infranchissable, d'une armure sur laquelle ma force se repliait, comme ferait une tige de roseau sur une plaque d'acier. Elle était avertie cependant de ma tentative, et elle tournait vers moi ses yeux surpris, rougissant comme si ma main eut efleuré la sienne : et moi, je pâlissais ayant honte de moi, vaincu par cette expression muette de reproche innocent.

Alors elle était protégée contre moi. Le sera-t-elle toujours? Non, non ! car maintenant j'ai acquis toute la puissance !

Oh ! si j'hésitais encore, si je reculais devant la lutte suprême, il me suffirait, pour vaincre mes scrupules, de me rappeler ce qui s'est passé en un jour maudit !

Tous les trois, Sitâ, Georges et moi, nous étions réunis dans la bibliothèque. Je lisais, comme le héros du *Corbeau* d'Edgar Poë — quelques vieux livres de légendes oubliées. Georges écrivait. Sitâ, assise, songeait, la tête appuyée en arrière au dossier de son fauteuil, ses mains fines et blanches étendues sur ses genoux.

Tout à coup — et ceci ne paraît un prodige qu'aux yeux des ignorants — de l'air qui était au-dessus de nous — et non même du plafond — des pétales de rose tombèrent en pluie sur elle. Elle poussa un cri de surprise et se dressa.

Déjà j'avais été témoin de phénomènes semblables, et je savais qu'ils ne se produisaient que lorsque un des Mahatmas de l'Inde — celui que Sitâ appelait son maître — l'avertissait de quelque communication prochaine.

J'étais devenu livide, sentant au cœur une étreinte insupportable.

Lentement, Sitâ s'était dirigée vers sa chambre et y était entrée.

— Georges, m'écriai-je, que se passe-t-il? Je veux le savoir... j'ai peur...

— Est-ce ce prétendu miracle qui t'inquiète? me répondit-il. Tes études ne t'ont-elles pas fait supérieur à la surprise. Si par la télégraphie psychique les Mahatmas peuvent adresser, à travers l'espace, des paroles ou des messages à leurs disciples, pourquoi ne pourraient-ils pas leur envoyer des fleurs...

— Mais je ne discute pas, je ne doute pas !...

— Ce qui te trouble, reprit Georges qui paraissait ne pas remarquer mon agitation, c'est que les Adeptes aient le pouvoir de faire passer la matière à travers la matière, des pétales de rose à travers des murailles. Ne sais-tu pas que tout ce qui existe n'est qu'un agrégat de molécules infinitésimales dont la dissociation momentanée est possible. Ce ne sont point les roses dans leur intégralité, qui ont passé à travers les matériaux de cette maison, mais les éléments dissociés des fleurs que la volonté du Mahatma a ensuite reconstitués...

Eh ! que m'importait tout cela ! ce qui m'épouvantait, c'était cette science même, le pouvoir que je sentais suspendu autour de Sitâ, l'enveloppant, la pénétrant, la conquérant.

Qu'était ma force à moi auprès de celle-là ! Et j'avais la peur de la défaite, j'avais la haine de l'adversaire, de l'ennemi...

Soudain Sitâ reparut.

Jamais — non, jamais en vérité — elle n'avait été aussi idéalement belle. Son vêtement lui-même me parut imprégné de lumière. En ces cheveux noirs tordus sur son front, il y avait comme une poussière de diamant... j'avais reculé, haletant, comme devant une apparition.

Cette transfiguration sublime me terrifiait et me ravissait à la fois.

Elle fit un pas vers moi et me tendit les mains...

Et elle me dit : (Comment ne suis-je pas mort de l'entendre !)

— Réjouissez-vous, ami, car voici enfin que se réalise la grande joie si longtemps attendue, si passionnément espérée. Vous pouvez me rendre ce témoignage que je n'ai rien négligé de ce qui pouvait me rendre mes Maîtres favorables ; mon frère et moi, dociles aux enseignements, nous nous sommes efforcés de conquérir le droit à la Science supérieure —

non encore à l'initiation suprême, hélas ! qui est donnée à si peu — mais du moins à l'accès du portique du Temple de Vérité... et nos Maîtres, tant de fois sollicités, ont enfin répondu favorablement à nos respectueuses requêtes...

Je la regardais hagard, stupide comme un enfant auquel on parlerait une langue inconnue.

Elle continua, doucement, comme emportée dans un ravissement extatique :

— Je vais donc pouvoir, avec Georges, me dévouer tout entière à l'œuvre sublime qui doit établir la chaîne d'union entre le passé et l'avenir, entre l'Orient et l'Occident, entre notre civilisation incomplète et les sociétés futures, tenter d'atteindre le plan supérieur de la conscience, de la spiritualité ; de m'élever jusqu'à Prana !... ô mon ami, mon frère, je vous ouvrirai la voie grande et large de la suprême vertu et qui sait si, un jour, vous-même ne serez pas appelé à nous rejoindre...

— Vous partez ! m'écriai-je, ne trouvant que ce seul mot en qui se concentrait tout mon désespoir.

— Demain, fit-elle simplement.

— Vous partez ! répétai-je... pour quel pays ? pour combien de temps ?...

— Dans deux jours, répliqua-t-elle, nous nous embarquerons sur le paquebot qui nous transportera à Madras. Il ne m'est pas permis d'en dire davantage. Le temps de notre absence ? ajouta-t-elle avec un ineffable sourire, que puis-je conjecturer ? là-bas, dans les solitudes, où la Science pure règne en maîtresse, où il me sera donné peut-être de comprendre le sublime Secret de la Nature, de l'Unité, principe et but, point initial et final de l'être, où peut-être je verrai se ressouder, dans la magnifique synthèse du Tout, les Forces Éparses et Purifiées, obtiendrai-je de revenir, au milieu de mes Frères d'Occident, leur apporter un rayon de cette lumière. Là est encore le doute, là est l'ultime angoisse. Mais j'obéirai à mes Maîtres !...

Je ne dis rien encore, ayant à la gorge la poignante constriction de l'étouffement. Sitâ était debout, une main appuyée à la cheminée, grandie, divinisée, sublime. Elle adressa un signe à Georges qui sortit...

J'étais seul avec elle.

Alors, en un paroxysme de désespoir et de colère, tout mon être surexcité frissonna : je sentis une formidable poussée de sang monter de mon cœur, à travers ma poitrine, jusqu'à mon cerveau, et je criai :

— Misérable femme ! Ainsi vous osez me dire, à moi, que vous partez, que vous m'abandonnez, que vous me délaissez ! Mais, avec toute votre science fausse, avec toutes vos illusions démoniaques, vous n'avez donc rien compris, rien deviné !... Votre Science, l'Avenir de l'Humanité, l'Unité éternelle... est-ce que je sais rien de tout cela, moi !... Ma science, à moi, mon avenir, mon but... sur vous, vous seule ! L'Alpha et l'Oméga de ma vie, c'est un mot, l'Amour !...

Elle releva légèrement la tête, mais sans cesser de sourire.

Alors ma fureur s'accrut encore :

— Oui, je vous aime ! Je n'ai de pensées, je n'ai d'énergies, je n'ai de volonté que parce que je vous aime !... Et je ne sais quels sorciers hindous, charlatans ou escrocs, vous arracheraient à moi ! Ah ! il y a donc là-bas aussi des captateurs de fortunes... Car vous êtes riche, parbleu ! et les monastères de l'Himalaya ont désir de cette aubaine !... et vous croyez que je permettrai cela...

Puis, tout à coup, baissant la voix, je continuai d'un accent concentré, mes dents serrées laissant à peine filtrer ma voix sifflante :

— Prenez garde. Sitâ, Sitâ, vous ne savez donc pas que, moi aussi, je suis fort, moi aussi je suis puissant... et si je le voulais !...

Et disant cela, je mentais. Car, encore une fois, au début de cet accès de rage, j'avais tenté de la soumettre, et toute ma violence s'était brisée contre une enveloppe de marbre !...

— Eh bien, non, je ne menace pas, je supplie !... Sitâ, je vous donne ma vie, prenez-la... eh ! que vous importe la Science suprême !... il n'en est d'autre que d'aimer, que d'être aimé... il n'est pas vrai que vous aspiriez à l'Eternel Nirvâna... Union de l'âme individuelle à l'âme universelle, qu'est cela au prix de l'union vraie, présente, active de deux âmes humaines !... qu'est-ce que le Soi impersonnel auprès du Toi et du Moi, vivants et pensants ! Sitâ, je t'aime ! je t'aime ! ne me quitte pas, ne me chasse pas !... tu ne me réponds pas... tu veux partir ! Eh bien ! emmène-moi... je serai ton esclave, est-ce trop encore ? ton chien !

Il me sembla qu'elle était ébranlée. Alors, plus ardent encore, je repris :

— Aie pitié de moi, Sitâ !... reste, reste !... et d'ailleurs, à ton intelligence si sûre et si fière, de pareilles jongleries ont-elles pû s'imposer ! Que disent ces gens, qu'ils sont les gardiens de Sciences perdues ? Quelles Sciences ? De quelles sources émanent-elles ? Ils sont doués de facultés qui nous semblent surprenantes... mais elles n'ont rien de surnaturel. Ici même, par le travail, nous les conquierrons... oui, Sitâ, je le sais bien, moi qui déjà suis maître de la plupart de leurs secrets... laisse-là ces thaumaturges, évadés des anciens temples d'Eleusis, jongleurs qui n'en imposent qu'à l'ignorance... et cette puissance, en ce qu'elle a de réel, de pratique, nous la posséderons si complètement que par elle nous nous élèverons au-dessus des foules stupides... nous serons maîtres des volontés, nous briserons toutes les résistances, aucun obstacle n'arrêtera notre essor... et nous agirons comme ces hommes, que tu prétends si passionnés pour l'humanité et qui ne sont après tout que d'infâmes égoïstes... oui, égoïstes ! Car, s'il est vrai qu'ils possèdent ces puissances, pourquoi la conservent-ils pour eux seuls ? Pourquoi s'ils trouvent en leur main la Vérité, cette main reste-t-elle obstinément fermée ? Orgueilleux et misanthropes, voilà ce qu'ils sont !... et ce sont ces êtres, affublés de noms sonores et grotesques, qui t'arracheraient à moi, qui me tueraient !... Sitâ, tu ne partiras pas !

Elle était restée immobile, ne m'interrompant même pas d'un geste.

Je m'étais arrêté, comme si, à la signification de ma volonté dernière, toute résistance eut été impossible

Mais, en ce silence, sa voix s'éleva tout à coup, cette voix qui était sa plus grande force à elle, qui me vainquait et me brisait :

— Ami, dit-elle, je te pardonne... Vis et cherche la bonté.

Et, sans ajouter un mot, elle se dirigea vers sa chambre.

D'un bond je m'élançai devant elle, prêt à toutes les violences, les bras tendus pour l'arrêter, pour la saisir, pour l'emporter peut-être...

Mais, sans que sa main me touchât, sans que sa robe même m'eut effleuré, je me sentis contraint de reculer, et je la vis passer devant moi, attristée, jusqu'à la porte qui s'ouvrit et se referma sur elle.

Et je me ruai sur cette porte, la martelant de mes poings, follement, rageusement, criant, appelant, râlant !

Mais soudain, je sentis une main se poser sur mon épaule.

Je me retournai brusquement. Un homme était devant moi que je ne connaissais pas, grand, le teint brun, dans la force de l'âge.

Je devinai — instantanément — que c'était là le ravisseur de Sitâ ! Comment était-il entré ? Par quelle issue ? Je n'avais rien vu, rien entendu ! Que m'importait d'ailleurs ! c'était l'ennemi, c'était le Mage maudit dont la puissance infernale brisait ma vie...

Au paroxysme de la fureur, je fis un mouvement pour bondir sur lui :

— Mon frère, dit-il...

Et à ce mot, et au son de cette voix, à je ne sais

quelle vibration qui se produisit dans mon cerveau, je sentis, avec une soudaineté stupéfiante, mes nerfs se détendre, ma colère s'apaiser, mes surexcitations s'émietter en quelque sorte, et, tout le temps qu'il parla, je restai debout, immobile, respectueux, vaincu, sans combattre, engourdi dans une soumisson acceptée :

— Mon frère, me dit-il de nouveau, vous êtes au seuil du Mal. Ecoutez-moi. Je veux, en quelque mots, vous initier à la vérité. Vous êtes l'outil courbé que je veux redresser et tenter d'utiliser pour l'œuvre du Bien. En nous vous ne voyez que la science. Vous vous trompez. En nous, vous voyez des magiciens. Vous vous trompez. Vous nous accusez d'égoïsme. Vous vous trompez.

« En des temps dont l'éloignement dans le passé vous paraîtrait invraisemblable, il exista une autre civilisation que celle-ci. Vos poètes l'ont devinée, vos philosophes en ont retrouvé le souvenir. Platon et Hérodote ont nommé l'Atlantide. Récemment encore vos savants retrouvaient sur votre sol même les preuves indéniables de l'existence d'un continent qui reliait l'Europe à l'Amérique... Supposez un instant que ce continent — Atlantide ou de quelque nom qu'on le nomme — ait existé, que là des êtres, des hommes aient vécu pendant une période de siècles auprès de laquelle ce que vous appelez les temps historiques valent à peine une heure... Supposez encore que ces hommes aient joui d'une civilisation supérieure à celle dont vous vous enorgueillissez, égale par exemple à celle dont jouiront vos successeurs sur cette terre dans dix ou vingt mille années... Car pourquoi limiteriez vous le Futur?... supposez toujours que ces forces que vous connaissez, chaleur, électricité, lumière aient été étudiées, analysées jusqu'à la découverte de la Force première qui est leur essence... que ces autres manifestations phénomènales que vous groupez sous le nom d'hypnotisme, de magnétisme, d'action suggestive, aient été reconnues dans leur principe... que toutes ces puissances, dont les unes sont physiques, au sens actuel du mot, et dont les autres sont immatérielles — toujours selon votre langue moderne — soient résumées en une force unique, pareille à celle que Bulwer a désignée sous le nom fantastique de Vril, dans son livre la *Race future*. — Supposez enfin que tout à coup un épouvantable cataclysme cosmique engloutisse les terres habitées, bouleverse les continents, détruise la race humaine... alors que resterait-il de votre civilisation, si parfaite qu'elle fût! Rien que le silence et l'oubli...

« Mais alors, supposez de nouveau que quelques hommes aient échappé à ce cataclysme et soient seuls par conséquent, en possession des secrets de cette civilisation perfectionnée? Autour d'eux l'évolution recommencerait, lente, mesurée, cherchant sa voie. Viendraient-ils mettre au service de cette race nouvelle, enfantine, ignorante, peureuse, la science, terrible alors et effroyablement dangereuse, dont ils seraient restés les uniques détenteurs. Ne concevriez-vous pas comme un crime odieux de mettre une cartouche de mélinite aux mains d'un enfant?

« Non, ces hommes ne livreraient aucun secret.

Patiemment, à travers les siècles, dans le silence et la méditation, ils conserveraient et se transmettraient le mystère de la force psychique, du Vril, si cette expression sans signification précise vous paraît plus acceptable. De descendants en descendants, de disciples à maîtres, d'élèves à initiés, de sages à Mahatmas, il s'imposeraient la tâche aride et vraiment humaine, d'attendre l'heure où il sera possible de remettre aux mains de l'Humanité, l'héritage de ses pères, intact.

« Pourquoi, demandiez-vous tout à l'heure à celle que nous avons jugée digne d'être une des héritières et des gardiennes de secrets du passé, pourquoi ne les livrons-nous pas hardiment, franchement, à tous, en plein soleil ! Par orgueil ? N'aurions-nous pas au contraire, dans l'étalage vaniteux de nos connaissances, mille occasions de provoquer l'étonnement et de conquérir la gloire !...

« Par misanthropie ! c'est le contraire qui est vrai...

« Car nous refusons de vous livrer la puissance, à vous qui n'en feriez usage que pour la satisfaction de passions égoïstes... osez dire le contraire, vous qui sacrifieriez l'humanité à un de vos caprices... qui s'en emparerait ? les exploiteurs qui y trouveraient un moyen nouveau d'écraser les petits et d'opprimer les faibles !

« Est-ce à dire que nous prétendions à jamais les garder ? Non point, car nous ne sommes que des dépositaires, mais dépositaires fidèles. Dès que la civilisation, répudiant ses traditions de violence et d'oppression, sera entrée dans la voie de l'Humanité vraie, de l'accession de tous au bien-être, de l'altruisme raisonné, nous n'attendrons pas une heure pour remettre aux hommes le dépôt que nous aurons fidèlement conservé !

« Et alors même, ce ne sera pas sans quelque effroi: car c'est par l'exercice excessif de ces forces même, dont nous révélerons tout le secret, que l'ancienne civilisation a péri. Mais nous espérons en la Justice Eternelle qui est l'Equilibre.

« Encore un mot ; les temps de la révélation, pour n'être pas immédiats, se rapprochent néanmoins ; c'est pourquoi depuis quelques années, nous consentons à ce que quelques disciples viennent à nous. Mais avec quelles précautions ! Celui que nous appelons Chéla — l'élève — doit successivement renoncer à toutes passions égoïstes, éteindre en lui jusqu'au désir même de la gloire, de la fortune, du bonheur matériel. Le renoncement n'est rien, si le regret peut subsister. Alors seulement, quand nous avons acquis la preuve, que des forces révélées, l'initié ne fera usage que pour le bien de l'humanité tout entière, nous entr'ouvrons la porte du temple.

« M'avez-vous bien compris, mon frère ? Si parfois nous permettons qu'une manifestation surprenante — en l'état de vos connaissances — vienne attirer l'attention des hommes, nous ne le faisons qu'avec une extrême prudence et en faveur de ceux en qui nous espérons trouver plus tard des collaborateurs dévoués, et imprégnés du seul amour de l'Humanité.

« Certains hommes, comme vous, sont doués de facultés qui leur rendraient plus facile, plus compréhensible, l'étude de nos mystères. Mais le plus souvent, ils s'enorgueillissent de ce qu'ils appellent leur force — infiniment petite émanation de la Force Vraie — et n'ont ni la Bonté ni la Patience. Ils restent ce qu'ils sont, de simples étrangetés passagères. Vous même, mon frère, prenez-y garde, vous êtes arrivé à la connaissance du second degré du septenaire humain — à ce que vous appelez le corps astral. Certes il y a lieu d'estimer en vous la persévérance et la méthode de l'effort. Si vous persistez, vous parviendrez à développer en votre corps astral des facultés de motilité, d'action même, que vous considérerez comme une puissance. Mais à quoi l'emploierez vous, sinon à satisfaire votre *Tanha*, votre désir inassouvi de vivre en votre égoïsme... Prenez garde que cette force, inhabilement maniée, se retourne contre vous et ne fasse votre perte.

« J'ai dit. Votre soumission même à m'entendre prouve — à vos yeux — que nous avons le pouvoir du bien, et aussi la volonté, Adieu, mon frère. Sitâ et son frère viennent avec moi vers les régions de Science. J'ai l'espoir qu'ils reviendront un jour porter dans le monde la parole d'universelle Charité. Nous serons heureux que vous soyez digne de les suivre...

« Et maintenant, allez et dormez ! »

XI

Trois ans se sont écoulés, trois ans pendant lesquels j'ai souffert toutes les tortures. Je ne suis pas un sage. Je suis un être vivant et vibrant en qui la passion prend des intensités effrayantes.

J'étais revenu à moi trois jours après que l'être mystérieux avait prononcé ses dernières paroles qui étaient un ordre. Ah! il était plus fort que moi, initié à toutes les actions psychiques et il avait eu raison de mes résistances plus facilement que si j'eusse été un enfant.

J'avais dormi trois jours, du sommeil lourd et sans rêves; et quand je m'étais éveillé, j'avais couru, comme un fou, à l'appartement de Sitâ. Partis! Ils étaient partis! Une lettre m'attendait, contenant un adieu.,. et quel adieu! Consolations banales, hypocrites, conseils et adjurations burlesques. Moi, devenir bon! me dévouer à l'humanité! alors que je n'avais qu'un désir, c'était de me sentir assez fort pour prendre le monde dans ma main et l'écraser en serrant les doigts!...

Ces rêves me touchaient bien! Comme je me souciais du bonheur des peuples! En vérité, je riais de tout cela, et j'en ris encore, aujourd'hui que, possédant la puissance, je vais la concentrer tout entière dans l'effort suprême... pour la haine, pour le mal! Eh bien, oui, il avait raison, le Mahatma! Si tous les secrets nous étaient révélés, nous nous en servirions méchamment contre ce monde méchant... et comme après tout mes haines ont un but déterminé, et que je ne sentirais aucune joie à faire le malheur de ceux que je dédaigne, je brûlerai cette confession, le memento de mes travaux et de mes souffrances.

Le lendemain, j'étais sur les rives de la Méditerranée. Aucun navire n'était parti pour les Indes. Je parcourus Marseille comme un insensé. Je ne découvris ni Sitâ, ni son frère. Je supposai alors qu'ils étaient partis pour l'Angleterre. A quoi bon chercher sur le continent d'ailleurs ? En tous cas, n'avaient-ils pas une forte avance sur moi. Sans raisonner, je m'inscrivis sur le premier paquebot en partance.

Et je passai six mois dans les Indes, fouillant les vallées, gravissant les pics, à la piste de ces adeptes maudits qui m'avaient volé mon âme. Quand j'interrogeais, les Anglais me répondaient, incrédules, en ricanant. Les Indigènes, graves, feignaient de ne pas comprendre ou bien semblaient attendre quelque mot de passe que je ne connaissais pas. Existaient-ils seulement, ces imposteurs détestés ? Sitâ avait-elle été victime de quelque immense fourberie, dont son frère peut-être avait été le complice ?

Ma colère s'accroissait de mes insuccès.

Alors je résolus d'employer cette colère même, inextinguible et passionnée, à la solution du problème irritant que je me posais.

Je raisonnai froidement ; car, en dehors de mon amour,— puis-je dire mon amour ? — je me sentais parfaitement maître de moi.

Je savais — l'Hindou l'avait constaté lui-même — que j'étais déjà en possession d'une force exceptionnelle. Je pouvais tenter des efforts, interdits à tout être humain. Je n'étais pas un médium, j'étais plus, puisque je pouvais développer peu à peu ma puissance psychique et en conserver la direction.

N'avais-je pas vu aux Indes ces fakirs, qui, sous le

rayonnement de leur force astrale concentrée, font germer en quelques heures une graine confiée à la terre : ces yoguis qui parviennent à suspendre en eux le cours de la vie et se font enterrer pendant deux mois, ressortant ensuite de leur tombe, vivants et forts.

En cela rien de surnaturel, le raisonnement, me le prouvait, en s'appuyant sur ma propre expérience. N'étais-je pas mort, plusieurs fois, moi-même, alors que dans une projection soudaine et excessive de ma volonté, j'étais tombé en léthargie ?

Bref, je partis de ce principe que, par un entraînement raisonné, je pourrais m'abstraire des règles de la vie normale. Et alors, puissance contre puissance, j'engagerais résolument la lutte contre l'infâme qui m'avait arraché Sitâ !

Je revins en France, et là, dans la solitude la plus absolue, je repris le cours de mes études, sans hâte, sans rien laisser au hasard, avec une méthode inflexible.

J'avais tracé d'avance un plan dont j'étais décidé à ne point me départir.

Puisque je n'avais pu, en mon corps matériel, retrouver la trace de Sitâ, il me fallait parvenir à me créer une existence nouvelle — en corps impondérable, astral — comme ils disent. Ainsi je me jouerais des distances, ainsi je pénétrerais dans les retraites les plus cachées, ainsi je pourrais me glisser jusqu'à elle ... et alors, me venger, oh oui ! me venger ! car c'était cela — et cela seul que je voulais, que je veux encore. Trompant la vigilance de ses gardiens, j'irai dans le sanctuaire où elle se cache, et là, je ne dirai qu'un mot : — c'est moi ! — et je frapperai !

J'avais apprécié par moi-même l'effrayante difficulté que présentait la projection — hors du moi matériel — du fluide vital. C'était, au début, une épouvantable souffrance, comme un coup de stylet en plein cœur. Je me mis à l'œuvre, m'efforçant, dans une immobilité absolue, en exerçant sur tout mon être une pression de volonté par quantités infinitésimales, d'annihiler cette douleur, dont le pire résultat avait été jusque-là de me retirer la libre disposition de la force que j'émettais.

La douleur est une distraction : et il fallait peu à peu écarter de moi toute sensation qui, en accaparant mon attention, en me suggérant une seule pensée, usait en si petite quantité que ce fut, mon énergie mentale.

Aussi je m'aperçus que les besoins de l'organisme étaient une sujétion mauvaise. Les anachorètes seuls ont pu arriver à l'extase ; et peu à peu je supprimai en moi, la faim, la soif. Je me composai des aliments strictement mesurés pour faire équilibre à la déperdition quotidienne et physique, en même temps que, par l'abstention de tout mouvement inutile, de tout effort qui ne tendit pas directement à mon but, je diminuai la dépense organique jusqu'à la rendre presque nulle.

Je renonçai à tout, à la curiosité, à l'intérêt, au désir. Je pus promener dans Paris mon corps comme une machine inerte, sans qu'aucune impression extérieure troublât son jeu purement mécanique. Mes yeux ne voyaient plus, mes oreilles n'entendaient plus, sinon dans la proportion juste où il était nécessaire, pour éviter tout accident.

Puis, j'estimais que ces déambulations mêmes, utiles d'abord pour entretenir en moi la circulation n'étaient plus indispensables. Je les fis plus courtes, j'en rétrécis peu à peu le cercle, jusqu'à ce qu'enfin je ne sortisse plus de mon appartement.

Par contre, mon moi spirituel acquérait une lucidité, une acuité toujours plus grande : je sentais que je me dégageais mentalement des entraves de la matière, et que ma force psychique s'affinait de plus en plus.

Ce fut alors que je commençai sérieusement l'œuvre décisive.

J'étais parvenu, sans trop de peine, à réaliser de nouveau l'effet qui déjà une fois s'était produit, sans l'aide de ma volonté, la matérialisation vague, hors de moi, de mon fliude vital. Mais justement, lorsque je voulais renforcer ce *vague*, lui donner une existence plus concrète, il arrivait ou bien que l'effort cérébral de raisonnement auquel je me livrais amenât au contraire une évaporation de la forme obtenue, ou bien que je fusse pris d'un engourdissement pendant lequel l'œuvre s'opérait sans que j'en eusse conscience.

Je constatais ce dernier point, au moyen d'un appareil photographique que je disposais ainsi.

J'opérais dans l'obscurité pour n'avoir pas même la distraction de la lumière.

Etendu sur un canapé, je provoquais la sortie du fluide vital. Alors par un mouvement d'horlogerie, l'appareil photographique se mettait en marche déroulait régulièrement une feuille de papier sensibilisé. Un autre mécanisme allumait de dix en dix secondes un fil de magnesium. Lorsque la syncope survenait, l'appareil agissait toujours, pendant un temps déterminé, après lequel un déclic faisait partir une sonnerie qui me rappelait à la réalité.

J'ai les épreuves, là, sous mes yeux. Je les joindrai à ce manuscrit. Ou elles seront brûlées avec lui, ou je les retrouverai... si je reviens.

Sur ces épreuves — qui ne mentent pas — je puis suivre la marche de l'opération.

C'est d'abord, à la place du cœur, un jet de vapeur grisâtre, si ténu qu'il est presque invisible, puis un léger serpentin qui monte d'abord, tourne ensuite sur lui-même, s'enlace, s'alourdit et peu à peu retombe en une ligne qui semble un brin de laine blanche. Puis, la source vitale coulant toujours, le fil grossit, s'épanouit en quelque sorte, s'élargit en se diluant d'abord comme pour remplir un moule et bientôt s'épaissit de plus en plus — très relativement, s'entend, et sans arriver à l'opacité — et bientôt cette vapeur prend une forme, la mienne.

C'est à ce moment que pendant six mois je me fis éveiller par la sonnette. J'avais employé ce long délai à retarder de plus en plus l'instant de la syncope, ce que je n'avais pu obtenir que par fractions de temps infinitésimales. Mais au bout de cette période, j'étais parvenu à rester éveillé jusqu'à la parfaite production de ma forme extérieure. De plus, je n'avais plus à craindre d'éparpillement de ma volonté, elle se concentrait bien tout entière dans la matérialisation obtenue.

Ce fut alors que je me préoccupai de perfectionner cette forme et lui ayant donné l'existence, de lui donner la force. Il fallait d'abord qu'elle pût se mouvoir, alors que matériellement je restais immobile.

Il fut long pour moi de constater que les mouvements, créés dans mon cerveau, se représentaient sur mon double et s'exécutaient avec d'autant plus de précision que je les exécutais plus nettement moi-même — en moi.

Par un acte cérébral je créais un geste, distinctement évolué dans une image bien claire, et ma forme accomplissait ce geste, avec hésitation d'abord, mais bientôt avec une précision parfaite. Ainsi peu à peu je l'amenai à étendre les bras, à mouvoir les jambes, à s'agiter, à s'éloigner, à se rapprocher de moi.

Souvent encore j'étais interrompu par la syncope, mais la sentant venir, je faisais agir l'appareil photographique, et j'acquérais la preuve que, quand même, ma force m'avait obéi.

Il me fallut ensuite lui donner prise sur les objets matériels qui m'entouraient, c'est-à-dire faire d'elle un esclave actif et soumis. Mais les progrès, par moi réalisés, étaient tels que cette tentative ne me coûta pas grande fatigue. Le procédé était toujours le même : je créai dans mon cerveau le quadruple mouvement de s'approcher de ma bibliothèque, puis d'étendre le bras vers un livre, de le saisir et de me le rapporter. Si je m'engourdissais avant que l'acte fut totalement accompli, je retrouvais à mon réveil le livre auprès de moi.

Enfin, il y a trois mois que, pour la première fois

je pus me dire que j'avais pleinement réussi : je n'éprouvais plus aucune sensation pénible, à peine un peu de lassitude, lorsque l'effort se prolongeait trop longtemps. Les syncopes devenaient de plus en plus rares et n'étaient déterminées que par un progrès obtenu.

C'est ainsi que je courus risque de la vie dans l'expérience suivante.

Cette forme, composée d'atomes si ténus qu'ils n'avaient même pas la consistancce des molécules constituantes d'un gaz, devait, selon moi, traverser les corps les plus épais, s'infiltrer en quelque sorte dans leurs pores et se retrouver ensuite dans son intégrité de composition.

Pour être fixé, je m'entourai d'une sorte de muraille, en bois épais de cinq centimètres, puis de l'autre côté, en dehors, là où je ne voyais pas avec mes yeux matériels, je plaçai l'appareil photographique.

Je projetai ma forme, et concentrant toute ma volonté sur elle, je m'efforçai de l'obliger à franchir l'obstacle. Non seulement je ne pus y parvenir ; mais, m'acharnant contre cette résistance, je provoquai une sorte de choc en retour qui, se reperçutant sur mon cerveau, me jeta en une sorte de léthargie qui dura plusieurs heures.

J'eus un instant de découragement : n'étais-je donc allé si loin que pour me heurter tout à coup à l'impossible ? Je méditai longtemps, et la logique vint enfin à mon aide. Je créai dans mon cerveau l'acte de passer à travers la planche, je l'objectivai mentalement. La forme disparut à mes yeux. Je la rappelai par le même procédé ; et j'eus la joie de constater que l'épreuve photographique prouvait mon succès.

Peu à peu, je pus donner à ma forme une physionomie plus nette, presque jusqu'à l'identité parfaite à mon corps matériel, je la vêtis de mes vêtements, je l'animai de ma pensée et de ma volonté.

Seulement, il était un fait que je ne pouvais nier ; c'est que le lien qui attachait ma force vitale à moi-même devenait plus faible, à mesure que je lui donnais plus de netteté. Quand elle pensait, il ne restait plus en moi, pour ainsi dire, que l'écho lointain de la pensée, que l'ombre à peine sensible de la volonté. Que ce lien par lequel je la rappelais à moi se brisât, c'était la mort.

Je m'aguerris cependant contre cette angoisse ; et aujourd'hui, je suis, autant du moins que la certitude humaine peut exister, hors de tout péril.

Pourquoi écris-je ces mots, alors que ma conviction est contraire ?

Certes j'ai pu, en ces derniers temps, disposer de ma forme comme d'un autre moi-même : j'ai pu, restant étendu sur un canapé dans un état d'adynamie complète — la projeter hors de mon appartement, hors de ma maison : je sais — par elle qui a ma pensée et jusqu'à ma mémoire — qu'elle a pu parcourir les rues sous mon apparence parfaite, être vue des gens qui me connaissent, qu'elle a répondu aux saluts qu'on lui adressait. Je sais que, du trottoir qui règne sous ma fenêtre, elle s'est élevée jusqu'ici, rentrant dans cette chambre à travers les murailles, je sais encore que la distance qui me sépare d'elle n'est rien et que ce n'est point par l'éloignement que le lien vital se pourrait briser.

Par quoi donc alors ?

Me voici seul, ferme, décidé à tenter l'épreuve suprême. Tout à l'heure je vais m'étendre là, sur mon canapé ; et je vais projeter ma forme. Je vais lui ordonner de franchir les continents, les mers, d'aller là-bas, dans l'Inde, de trouver la trace de Sitâ, de s'approcher d'elle...

Elle m'obéira, je ne redoute rien.

Mais au moment où elle fera le dernier pas vers celle que je hais — que j'aime ! que j'aime ! — sais-je alors si la commotion ne sera pas si violente que le lien se rompra... et alors !..

Eh bien ! est-ce que j'ai peur ! Voici trois ans que, pas une minute, pas une seconde, une seule de mes pensées ait tendu à un autre but que celui auquel je touche maintenant...

Et j'hésiterais. Non pas !.. n'ai-je pas l'orgueil profond de mon œuvre ? Ne suis-je pas fort entre les forts, puissant entre les puissants !..

Est-ce que je suis fou ? Allons donc ! Est-ce qu'un fou a le cerveau aussi lucide, et le pouls aussi calme ...

Sitâ ! Sitâ ! en ta paix profonde, c'est toi qui devrais tout craindre. Car ma volonté te menace, car ma force — que tu raillais — va s'élancer vers toi avec la rapidité de la foudre !... Sitâ, je t'aime... et je t'ai condamnée !

Je n'hésite plus !

Dresse-toi, lentement, lentement, forme mystérieuse qui es ma volonté et ma vie ! Va, libre des chaînes qui retiennent ici mon corps abject, va, *linga Sharira !* (Oh ! comme elle prononçait doucement ces mots !) Va accomplir l'œuvre maudite... et reviens donner à mon cœur mortel la joie de la haine assouvie, de l'amour vengé !..

Te voilà, ma messagère de mort ! Salut !.. absorbe en toi toute ma force, bois ma vie, bois le fluide de ma poitrine et de mon cerveau...

Je ne peux plus écrire... Il faut que je ferme cette enveloppe... Il faut... que nul ne connaisse... ce secret... Il faut écrire... à brûler... Ah !..

. . . .

« On lit dans le *Nouvelliste Parisien* :

« Depuis plusieurs jours, les locataires et le concierge de la maison, rue... n°... n'avaient plus vu paraître un original, Louis de S..., qui vivait dans une sorte de claustration absolue. On se décida à avertir la police : le magistrat qui procéda à l'ouverture des portes constata que le malheureux était mort. Le décès semblait remonter à quarante-huit heures. Le cadavre paraissait absolument exangue et présentait cette particularité qu'il était dans un état de conservation complète. Les médecins ont conclu à une rupture d'anévrisme.

« On a trouvé, sur une table, auprès du cadavre une enveloppe ouverte dans laquelle se trouvait un manuscrit écrit d'une main fiévreuse, presque illisible et qui semble plein de divagations incohérentes.

« L. de S... s'adonnait, croyons-nous, aux pratiques du magnétisme et avait le cerveau déséquilibré ! Comme il jouissait d'une certaine fortune, les scellés ont été posés chez lui.

« Le corps a été transporté à la Morgue.

Post scriptum. Au moment de mettre sous presse, nous apprenons que l'autopsie a infirmé le diagnostic des premiers médecins qui avaient examiné le cadavre de L. de S. Le malheureux se serait suicidé en se perçant le cœur avec une aiguille d'une finesse telle, qu'elle n'a laissé à l'intérieur aucune trace de blessure.

« Fait singulier, quand les employés ont pénétré ce matin dans la salle où le corps avait été déposé, on a trouvé le linceul jonché de feuilles de rose. Nul n'a pu dire qui était venu rendre ce pieux hommage à sa dépouille mortelle. »

TOURS. — IMPRIMERIE E. ARRAULT ET CIE

www.ingramcontent.com/pod-product-compliance
Ingram Content Group UK Ltd.
Pitfield, Milton Keynes, MK11 3LW, UK
UKHW020203200726
13856UKWH00003B/1160

9 782013 567312